BAC AND LOVE

BAC AND LOVE

À la folie, pas **du tout !**

Sylvaine Jaoui

RAGEOT

ISBN 978-2-7002-3420-6
ISSN 1772-5771

Photographie de Stéphane Genez.

Pour Antoine avec qui la vie c'est :
« Roman, Bach and love ».

LE CASTING

Le club des C1K
(lire cinq ou « c'est un cas » au choix)

Justine : seize ans. Un mètre soixante-dix pour cinquante kilos. Toujours en jean et en Converse. Fleur bleue, gaffeuse et rêveuse. Aime les films et les chansons d'amour. Vit avec ses parents et son frère Théo. Terminale S sans conviction. Meilleure amie : Léa (et aussi Patou, la girafe du zoo).

Léa : dix-sept ans. Petite et plutôt ronde. Porte de la dentelle noire, des Doc et de gros bijoux d'argent. Surnommée la sorcière, elle s'intéresse à la voyance et au paranormal. Vit avec sa mère et sa grand-mère depuis la mort de son père. Terminale L spécialité théâtre.

Nicolas : dix-sept ans. Don Juan. A un langage de charretier. Adore tout ce qui est informatique et bricolage. Cousin de Justine et meilleur ami de Jim. Vit avec son père depuis un an à cause de disputes fréquentes avec sa mère. Terminale STI.

Jim : dix-sept ans. Brun musclé. Vrai gentil qui a toujours des attentions pour chacun mais grand nerveux. A arrêté ses études et travaille au « Paradisio » en attendant de passer son monitorat de judo. A traversé une période difficile (fugues nombreuses) et a avec son père une relation exécrable.

LE CASTING

Ingrid : dix-sept ans. Bimbo du groupe. Passe son temps à tester son pouvoir de séduction sur tous les garçons ce qui a le don d'agacer toutes les filles. Enfant unique d'un couple âgé. Préoccupée par la mode, les vêtements et les chanteuses à succès. Est sortie avec Jim et Nicolas, il y a longtemps. Terminale ES.

Les autres personnages

Thibault : beau garçon châtain, élégant et énigmatique.
Adam : étudiant en lettres. Très attiré par Léa.
Peter : prof d'art dramatique de Léa. Joue avec son cœur.
Anna : double d'Yseult, son amie. Vit pour chanter.
Yseult : double d'Anna, son amie. Vit pour chanter.
(Anna et Yseult sont surnommées les jumelles.)
Patou : la girafe du zoo, animal fétiche de Justine.
Claire : mère de Léa.
Eugénie : grand-mère infernale et géniale de Léa.
Laurent et Sophie : parents de Justine.
Théo : petit frère surdoué de Justine.

« La jalousie aveugle
un cœur atteint et,
sans examiner, croit
tout ce qu'elle craint. »
Corneille

Moi, jalouse ?

« Mais c'est pas pour autant
Qu'il faut qu'on s'attache
Et qu'on s'empoisonne
Avec une flèche qui nous illusionne. »
Christophe Maé

« - Vous aimez les femmes jalouses
ou les autres ?
- Quelles autres ? »
Pierre Doris

Nicolas avait quitté la maison bleue depuis une semaine pour retourner chez sa mère et plus rien n'était comme avant.

Et quand je dis plus rien, c'était vraiment plus rien.

Je ne voyais plus Thibault. Il passait toutes ses soirées je ne sais où et, les rares fois où je le croisais au lycée, il était d'une froideur polaire. Je ne savais même plus si ça me faisait de la peine ou non.

Jim aussi m'évitait soigneusement. On n'avait évidemment parlé à personne de notre moment d'égarement. Il me semblait presque certain que Jim et moi nous nous étions plus consolés que retrouvés. Entre Yseult qui restait vingt-quatre heures sur vingt-quatre avec l'équipe du tournage d'*Étoile naissante* et Thibault qui avait déserté mon histoire d'amour, on avait eu besoin d'un peu de chaleur. Si on ajoutait à cela le départ de Nicolas, c'était peut-être suffisant pour expliquer notre dérapage. À moins que je me leurre… On voit si mal ce qui se passe en soi, peut-être parce qu'on est trop près ?

Dans la rubrique « Et pour les autres personnages de la bande des C1K, quelles sont les nouvelles ? », ce n'était guère mieux.

Léa traversait une période « huître », du genre : « Je ne peux pas venir ce soir, j'ai trop de travail », « Ne compte pas sur moi pour le thé, je dois passer à la bibliothèque », « Désolée je ne peux pas te parler, je suis super en retard, je te rappelle plus tard ». Ça me vrillait le cœur à chaque fois.

Ce n'était pas seulement sa mise à distance qui me désespérait, mais aussi ses cernes noirs et son regard triste. Elle avait eu beau m'expliquer mille fois qu'elle avait besoin de solitude, que le départ de Nicolas avait réveillé en elle des angoisses terribles de séparation, je n'arrivais pas à comprendre.

Quand on a froid, c'est toujours mieux d'être deux, non ???

Ben non, elle préférait qu'on congèle chacune de son côté.

Ingrid, quant à elle, faisait ostensiblement la tête, persuadée qu'on avait comploté pour la laisser aux mains du vrai faux producteur. Évidemment, elle pensait que j'étais à l'origine de cette machination internationale visant à décrédibiliser sa carrière de chanteuse. Je n'avais pas cherché à l'en dissuader, à quoi bon ?

Bref, on était loin, très loin des jours heureux de la maison bleue et aujourd'hui, après mes cours, j'étais rentrée sans chercher à savoir ce que faisaient les uns ou les autres de leur samedi après-midi. Enfin plutôt ce que faisait l'un ou l'autre de son samedi après-midi parce que, vu la désertification de la région, le pluriel est inutile.

J'avais avalé dans un sacrifice digne des grandes héroïnes le sandwich tofu-courgette-sésame que ma mère m'avait préparé et j'avais filé dans ma chambre pour m'achever une fois pour toutes à coup de fiches mémo de philo et d'exercices de physique.

J'en étais au troisième quand Théo a fait irruption dans ma chambre. Je n'étais franchement pas d'humeur à faire la causette avec mon petit frère.

Théo – Est-ce que tu savais que les kangourous sont la première cause d'accident de voiture dans le bush australien ?

Justine – Et toi, est-ce que tu sais que la Justine est la première cause de meurtre sur gnome à intelligence précoce lorsqu'on entre dans sa chambre sans frapper ?

Mon petit frère m'a regardée un long moment avec inquiétude, puis il a sorti de la poche de son jean son petit carnet à tête de mort et un drôle de stylo, et il s'est mis à écrire.

Justine – Qu'est-ce que tu gribouilles encore ?

Théo – Je ne gribouille pas, j'écris.

Justine – Et t'écris quoi ?

Théo – Quelques indices pour l'enquêteur en cas de mort accidentelle.

J'ai éclaté de rire.

Justine – Tu crois vraiment que je pourrais te tuer ?

Théo – Pour se débarrasser d'un témoin gênant, certains sont allés jusqu'au fratricide.

Mais comment il connaît ce mot-là, à son âge ???

Je me suis penchée sur son carnet pour lire les fameux indices. Rien. La page était blanche.

Justine – Tu ne vois pas qu'il n'écrit pas, ton stylo ?

Théo – Il marche très bien pour ceux qui savent regarder.

C'est quoi encore cette phrase de la mort ? Parfois, il m'inquiète ce môme. Je me demande si mes parents ne devraient pas l'emmener voir un psy.

Je me suis approchée plus près du carnet. J'en louchais. Toujours rien.

Justine – Tu as conscience que la page est blanche ?

Théo ne s'est pas donné la peine de lever la tête, il m'a dit en continuant à écrire :

Théo – Stylo à encre sympathique… Un bon détective saura quoi faire en cas de pépin.

Justine – Je n'ai aucune raison de te liquider, Théo, tu n'as rien contre moi ! Et si tu comptes me faire chanter parce que tu m'as vue entrer dans le jardin par la porte aux turquoises avec Thibault l'autre soir, je te rappelle que tu étais au même moment en pyjama, en train de donner du poulet à Lulu Cracra, et qu'on a passé un pacte. Donc si tu me balances à maman, je te balance aussi.

Théo – Je ne pensais pas à ça.

Oh ce qu'il m'agace quand il prend son air de journaleux qui a des dossiers compromettants sur un ministre de la Famille abonné aux clubs échangistes et aux sites pornos !

Justine – Et tu pensais à quoi ?

Théo – À rien.

Justine – Je ne vois même pas pourquoi je perds mon temps avec toi. Allez, sors de ma chambre et va jouer avec ton ordi baby !

Là, c'est la réplique qui tue... Dire à mon frère qu'il s'amuse avec un ordi baby alors qu'il est potentiellement capable de programmer les ordinateurs de la Nasa, ça va le vexer à mort.

YES !!! Le moucheron ne dit plus rien et se gratte la tête !!!

Je suis trop forte. Il ne me reste plus qu'à lui jeter un regard plein de mépris et à me remettre à mes exercices de physique comme s'il n'existait pas.

Aussitôt pensé, aussitôt fait.

La fréquence de grattage de tête a augmenté de cinquante pour cent en quelques secondes à peine.

Théo – Bon ben, je m'en vais. Thibault m'a invité à venir manger un Magnum double chocolat, il adore que je lui raconte les histoires secrètes de la maison bleue.

Les histoires secrètes de la maison bleue ??? Quèsaco ???

Théo – Je note les petites choses que je vois par-ci par-là et après je fais ma chronique du jour.

Justine – Et tu crois que ça intéresse Thibault de savoir que maman a cuisiné des brocolis ou que papa est parti cinq minutes plus tôt un matin ?

Oh non, je m'étais dit que je garderais le silence !!! Le gnome a réussi à me faire sortir de ma réserve.

Théo – Ce n'est pas le genre d'informations dont je me sers pour ma chronique.

Évidemment, Théo a prononcé cette dernière phrase d'un air énigmatique et je n'ai pas pu m'empêcher de lui demander :

Justine – Et on peut savoir quels potins tu utilises pour te faire offrir des glaces ?

Théo – Un bon journaliste ne livre jamais ses scoops avant leur publication.

Justine – T'es journaliste ou détective ? Faudrait savoir !

Théo – Tout bon journaliste est aussi un détective. Ça s'appelle l'investigation. Disons que pour la chronique d'aujourd'hui, j'ai déjà une trame précise.

Surtout ne lui poser aucune question qui pourrait lui laisser entendre que je panique à l'idée qu'il raconte des choses sur moi à Thibault.

Théo – Les mots clefs du jour sont : grenier, bougies, bisou avec la langue.

Vous avez entendu ça ?! Non, ce n'est pas possible. Théo ne peut pas savoir pour Jim et moi, on était seuls quand on s'est embrassés. L'échelle était remontée et la trappe fermée, il n'a rien pu voir.

Théo – « Je n'ai jamais cessé de t'aimer, Justine. »

Mais c'est pas vrai ??? Il a placé des micros là-haut ou quoi ? Et peut-être même des caméras ! Cet enfant est un monstre.

Théo – C'est beau l'amour.

Justine – Combien ?

Théo – Comment ça combien ?

Justine – Combien tu veux pour ton silence ?

Je sais, ça peut paraître minable de parler argent avec un être humain de sept ans qui a les mêmes parents que vous, mais ne pas le faire, c'est juste perdre du temps. Il est inutile de tergiverser avec un maître chanteur.

Théo – Ton millepapattes.

Justine – Quoi ?

Théo – Mon silence contre ton millepapattes.

Justine – Jamais !

Mais c'est monstrueux de me demander un truc pareil ! Mon millepapattes, j'y tiens comme à la prunelle de mes yeux. Oui, d'accord, j'ai dix-sept ans demain, et alors ? J'ai le droit d'être attachée à un objet fétiche de mon enfance sans passer pour une pauvre fille en état de régression totale.

Théo – Alors la vérité éclatera au grand jour.

Mon portable a sonné. J'ai regardé le nom qui s'affichait.

Léa, mon amie, celle que j'ai choisie.

Pas comme certains !

J'ai aussitôt invité Théo à sortir de ma chambre.

Théo – Tu as une heure pour me donner une réponse à propos de notre affaire. Au-delà, tu t'exposes à de sérieux risques.

Et il est parti après m'avoir fixée avec insistance du haut de son mètre douze.

J'ai décroché.

Justine – Allô Léa ? Si tu savais comme je suis contente que tu m'appelles ! Je commençais à désespérer.

Léa – Tu as des ennuis, chérie ?

Justine – Comment tu le sais ?

Léa – Depuis cinq minutes, ça grince sec au niveau du chakra de ton plexus solaire. Comme si on voulait t'arracher quelque chose auquel tu tiens et que ça te coupait le souffle.

Justine – T'es une vraie sorcière…

Léa – Pour te servir !!! Alors, quel est le problème ?

Justine – La question serait plutôt *qui* est le problème.

Léa – Et c'est qui ?

Justine – Théo.

Léa – Alors c'est un petit problème.

Justine – Petit mais costaud ! Il a vu quelque chose qu'il n'aurait pas dû voir et il exige mon millepapattes en échange de son silence.

Léa – Quoi ???

Justine – Tu as bien entendu.

Léa – Mais qu'est-ce qu'il a découvert de si grave qui rende possible un chantage pareil ?

Justine – Tu es assise ?

Léa – Non.

Justine – Assieds-toi.

Léa – Ça y est.

Justine – Je ne sais pas comment, mais Théo nous a surpris Jim et moi en train de nous embrasser sauvagement.

Léa – Thibault.

Justine – Quoi Thibault ?!

Léa – Tu as dit Jim et moi, tu voulais dire Thibault et moi.

Justine – Non.

Il y a eu un long silence à l'autre bout du fil.

Justine – Léa, tu es là ?

Léa – Oui… Ça devient vraiment n'importe quoi cette maison bleue. Et elles ont eu lieu quand, ces émouvantes retrouvailles ?

Justine – Juste après le départ de Nicolas.

Léa – Il y a pratiquement une semaine… Tu t'es bien gardée de m'en parler.

Justine – Avoue que tu ne m'en as pas vraiment laissé l'occasion ces derniers jours. Et puis il suffisait que tu regardes au niveau du chakra de mon plexus solaire, non !!!

Léa – En tout cas, ne viens plus jamais me faire une remarque sur mes cachotteries avec Peter ! Et tu comptes te débrouiller comment, ce soir, avec tes deux hommes en même temps ? Dix minutes chacun ?

Justine – Pourquoi, il se passe quoi ce soir ?

Léa – Thibault ne t'a pas appelée ?

Justine – Non.

Léa – Bon, je crois que tu vas avoir besoin d'aide. Fais chauffer l'eau pour le thé, je suis là dans moins de dix minutes.

Comme promis, ma meilleure amie est arrivée très rapidement. Je ne lui ai pas laissé le temps d'enlever son manteau.

Justine – Alors ? Il se passe quoi ce soir ??

Léa – Mais c'est le premier prime d'*Étoile naissante* à la télé ! On va enfin découvrir les quinze candidats sélectionnés, dont Yseult et Anna. Thibault a donc proposé d'organiser une soirée buffet où chacun apporte un truc. J'ai une tarte au chèvre et des brownies cooked by Eugénie. On doit être chez lui vers vingt heures pour regarder l'émission tous ensemble.

Justine – Qui ça, tous ?

Léa – Jim, Thibault, Enzo et son nouveau mec, toi et moi.

Justine – Et Ingrid ?

Léa – Elle est invitée à une soirée chez des copains, paraît-il. Je crois qu'il ne faut pas trop lui en demander. C'est vraiment difficile pour elle de venir se réjouir avec nous de la présence des filles à cette émission.

Justine – Ouais, je comprends.

Léa – Ce sera notre première soirée sans Nicolas…

Ma meilleure amie a prononcé cette dernière phrase avec une voix grave presque cassée et j'ai réalisé à quel point elle était touchée par le départ de mon cousin. Même si l'absence de Nicolas m'était aussi très pénible, j'ai voulu positiver.

Justine – Les vacances de Noël, c'est bientôt… Il nous a promis-juré qu'il passerait les deux semaines entières avec nous. Il a même proposé qu'on parte tous ensemble quelques jours.

Léa – Je sais, il m'en a parlé.

Justine – Vous vous êtes téléphoné souvent tous les deux ?

Léa – Il faut bien que le forfait gratuit après vingt et une heures serve à quelque chose !

J'ai dodeliné de la tête en souriant. Tiens, la sorcière avait du mal à exprimer ses sentiments ?

Léa – Et pour ton anniversaire, qu'est-ce que tu as décidé ?

Justine – Rien. Nicolas m'a annoncé qu'il ne pourrait pas venir ce week-end et je n'ai pas envie d'organiser un truc sans lui.

Léa – Mais enfin Justine, tu vas avoir dix-sept ans, ça se fête !

Justine – C'est toi qui dis ça ? Je te rappelle que tu joues les solitaires depuis son départ.

Léa – Oui… Bon… Alors juste un gâteau au chocolat et un verre de Coca light ?

Justine – Avec qui ?

Léa – Avec nous.

Justine – Et avec qui dans le rôle du petit ami ? Thibault ou Jim ? Franchement, je n'ai pas le cœur à m'amuser.

J'avais à peine fini ma phrase que mon portable a sonné.

J'ai bondi en voyant le prénom de Thibault s'afficher. Je n'ai pas eu besoin de dire à ma sorcière préférée qui m'appelait. Je l'ai entendue chuchoter :

Léa – À en juger par l'intensité de la réaction, je parierais plutôt pour Thibault dans le rôle du petit ami.

J'ai décroché en imitant le timbre grave et sensuel des hôtesses d'accueil :

Justine – Allô…

Thibault – Justine ?

Justine – Ben oui.

Thibault – Je n'avais pas reconnu ta voix. T'es malade ?

Le premier qui fait un commentaire, je ne lui raconte pas la suite.

Justine – Pas du tout. Je discutais avec Léa.

Thibault – Alors, elle t'a prévenue pour ce soir ?

Justine – On en parlait, justement.

Thibault – Tu viens ?

Justine – Bien sûr.

Thibault – Eh bien à tout à l'heure.

Et il a raccroché. Quoi, c'est tout ? Même pas un « Bisou » ou un « Je t'embrasse » ? Je ne demande pas un « À ce soir, lumière de mes jours » mais au moins quelques mots affectueux qui montrent qu'on a un peu couché ensemble !

Léa – T'en fais une tête quand il raccroche sans te donner le moindre signe d'affection.

Elle m'énerve, la sorcière !

Léa – Oui, je sais, je t'énerve et pourtant tu ne peux pas te passer de moi.

J'ai souri. Ça c'est bien vrai. Il n'empêche : elle m'agace à tout comprendre à demi-mot.

Léa – Je propose une migration dans la cuisine pour boire notre thé vert au jasmin.

On n'avait pas passé le seuil de ma chambre que Théo, en embuscade dans le couloir, a surgi devant nous. Léa et moi, on a hurlé en chœur.

Mon petit frère, très fier de son effet, m'a tendu une enveloppe cachetée avec de la cire rouge puis il est parti en courant.

Justine – Franchement, il n'est pas complètement ouf ce gamin ?

Léa – Original, je dirais. Vas-y, ouvre sa lettre.

J'ai déchiré l'enveloppe et j'en ai extrait une feuille blanche sur laquelle le gnome avait collé des lettres découpées dans le journal de mon père. Le genre de lettre anonyme qu'envoient les pervers envieux à leurs voisins dans des villages totalement glauques.

La missive était brève : « Il te reste vingt-cinq minutes pour te décider à propos de millepapattes. » Léa a éclaté de rire quand je lui ai montré la lettre.

Justine – Tu trouves ça drôle ? Ben pas moi. Ce monstre a pris l'habitude de me faire chanter. Je n'aurais jamais dû payer la dernière fois pour le mot de Thibault.

Léa – Quel mot ?

Justine – Quand tu étais à Londres, Thibault a demandé à Théo de me remettre un message. Le nain l'avait à moitié mâché pour me faire peur.

Léa – C'était le lendemain de votre soirée torride ?

Justine – C'est ça… Torride !!! Avec le défilé de tous les habitants de la maison bleue. Pas étonnant que ça ne se soit pas très bien passé après. Enfin bref, depuis son masticage à deux ou trois euros, le gnome se croit tout permis.

Léa – Il faut le prendre à son propre piège et lui donner une bonne leçon sinon il va continuer. Il doit comprendre que ce ne sont pas des façons d'agir.

Justine – Et comment tu comptes procéder ? Je te préviens, il est redoutable.

Léa – Je ne sais pas encore. Pour l'instant, donne-lui ton millepapattes, tu ne peux pas courir le risque qu'il raconte tout à Thibault. Ça va être la guerre entre les garçons, sinon.

Justine – Mon millepapattes ? Jamais !

Ma meilleure amie a de nouveau éclaté de rire.

Léa – Allez, t'inquiète, on le récupérera après, je te le promets.

J'ai donc cédé aux exigences du maître chanteur en culottes courtes. Il n'a pas caché sa joie lorsque ma peluche bien-aimée s'est retrouvée dans ses bras. J'ai failli la lui arracher mais le regard de Léa m'en a dissuadée. Mon frère est sorti triomphant de ma chambre. Il avait raison, dans certains cas, le fratricide s'impose.

Léa – Allez viens ma Justine, on va boire notre thé pour t'aider à te remettre de la perte de ton millepapattes. En ce qui concerne tes deux hommes, tu verras ce soir sur place.

Justine – Ça va être quelque chose !!!

Le reste de l'après-midi est passé comme un rien, entre fous rires bruyants et confidences chuchotées sur ce qui nous faisait battre le cœur. Lorsque nous avons descendu l'escalier de la maison bleue à vingt heures, je ne savais toujours pas qui j'aimais et avec qui j'allais continuer ma love affair.

Justine – J'ai pas mis trop de mascara ?

Léa – Non.

Justine – Les grandes créoles argent, c'est pas too much ?

Léa – Non.

Justine – Mon tee-shirt vert anis, il me fait pas un teint de laitue ?

Léa – Non.

Justine – En bref, tu me trouves parfaite ?

Léa – Le son en moins, ça serait formidable !

J'ai failli louper une marche ! Mais quelle chipie !

Je n'ai quand même pas pu m'empêcher de lui demander à nouveau si elle me trouvait bien au moment où elle s'apprêtait à frapper à la porte-fenêtre de Thibault.

Justine – Attends, Léa ! Attends ! T'es sûre que ça va ? Regarde-moi, il n'y a pas un truc qui cloche ?

Léa – Si ! Un truc énorme.

Quoi ??? J'ai encore oublié de mettre mon jean ? Mon waterproof a coulé et j'ai un regard de panda ? Une pustule de peste bubonique a poussé sur l'aile droite de mon nez ?

Léa – Ce qui cloche, c'est ta confiance en toi. Elle est quasi nulle !

Et sans rien ajouter, elle a toqué au carreau. La tête de Lulu Cracra est apparue derrière la vitre. Il a levé ses pattes avant comme pour nous saluer.

Léa – Tu vois, tu as déjà séduit le furet, le plus gros est fait.

Je n'ai pas eu le temps de lui répondre : Thibault, en col roulé noir et treillis beige, nous a ouvert avec un large sourire.

Oh ce qu'il est craquant !!! Mais comment ai-je pu douter un seul instant de son pouvoir sur moi ?

Thibault – Bonsoir les filles ! Entrez vite, il fait froid.

Ah non, moi j'ai super chaud. Depuis à peu près une seconde et demie, j'avoisine la température de l'eau à ébullition. Si on me posait un œuf sur le front, il serait coque en trois minutes trente.

Thibault – Enzo et son copain Manu sont en train de nous plumer, Jim et moi.

Alors c'est lui, le nouvel amoureux d'Enzo ? Il est beau garçon... Mais pourquoi les types les plus sexy (à part mon Thibault bien sûr, et Jim aussi) sont-ils la plupart du temps gay ? Quel gâchis pour les filles.

Jim – Ben vous êtes devenues timides ou quoi ? Vous ne nous embrassez pas ?

Léa – On ne voulait pas vous déranger pendant votre partie.

Jim – Les bisous, ça porte bonheur.

Léa – Dans ce cas, avec plaisir !

Au moment où je me penchais vers Jim pour l'embrasser, il a exercé une pression très forte sur mon bras et m'a regardée avec une intensité incroyable. Ce qu'il est sexy, lui aussi ! J'ai vraiment pas le droit de les garder tous les deux ?

Thibault – On finit la partie dans moins de cinq minutes. Si vous voulez mettre à la cuisine la tarte et les gâteaux d'Eugénie, ne vous gênez pas.

Oui, très bonne idée, que je reprenne mes esprits. Ils me plaisent vraiment trop ces deux garçons. Je ne vais pas réussir à choisir. Vite, j'ai besoin d'une stratégie de sorcière !!!

J'ai attrapé Léa par la main et je l'ai remorquée à la vitesse de la lumière jusqu'à la cuisine.

– Bonjour… Vous êtes Léa et Ingrid, non ?

Mais c'est qui cette rousse superbe sortie tout droit des pages glacées d'un magazine ?

Léa – Non, nous c'est Léa et Justine !

La rousse superbe – Justine ? Ça ne me dit rien… Je ne crois pas que Thibault m'ait parlé de toi. Moi, c'est Macha.

Je la tue tout de suite ou je la torture avant ?

– Ah, je vois que vous avez déjà fait les présentations. Désolé, les filles, je manque à tous mes devoirs.

Thibault, sur le seuil de la cuisine, nous souriait de toutes ses dents. Je ne le jurerais pas mais j'ai eu la nette impression que la situation l'amusait.

Thibault – Bon ben, j'y retourne.

C'est ça, retourne jouer avec tes copains. Si tu pouvais juste m'indiquer où se trouve le grand couteau pour découper les volailles, ça m'arrangerait. Je dois m'occuper d'une dinde !

Il était à peine sorti que Léa m'a dit d'une voix anormalement calme :

Léa – Justine, tu peux m'accompagner dans la salle de bain, s'il te plaît ? J'ai besoin de ton aide, j'ai un problème avec ma lentille. Tu nous excuses un moment, Macha ?

Qu'est-ce qu'elle raconte ? Elle ne porte pas de lentilles.

Macha – Mais je vous en prie. J'ai tout mon temps, je dors ici.

Là, Léa n'a pas attendu un dixième de seconde de plus, elle m'a attrapée par un passant de mon jean et m'a obligée à la suivre. C'est seulement après avoir fermé la porte de la salle de bain à double tour qu'elle a accepté de me lâcher.

Léa – Je te préviens tout de suite : si tu ne me jures pas sur notre amitié que tu ne vas pas massacrer cette fille à la tronçonneuse, il est hors de question que tu quittes cette pièce !

Tiens, la sorcière a été mal renseignée par les mauvais esprits. Ce n'est pas à la tronçonneuse que je prévoyais de découper la rousse diabolique, c'est au couteau à volaille.

Léa – Mais enfin, Justine, quand apprendras-tu à te maîtriser ? Tu n'as pas vu ton retroussement de babines quand elle a annoncé qu'elle dormait là, on aurait dit Hannibal Lecter dans *Le Silence des agneaux*. Allez, respire ! Ça va aller ? Justine, tu me réponds ?

D'abord, je la scalpe. Sans sa tignasse de feu, elle fera moins la maligne.

Ensuite, je lui raccourcis les jambes d'au moins cinquante centimètres, elle ne pourra plus me narguer du haut de sa splendeur.

Léa – Justine ? C'est quoi ce regard de psychopathe ? Je te jure que tu commences à me faire vraiment peur.

On a frappé à la porte. Jim a demandé d'une voix inquiète :

Jim – Ça va les filles ?

Léa – Oui, pas de souci, on arrive tout de suite.

Et avant d'ouvrir le verrou, Léa m'a chuchoté :

Léa – On va sortir doucement. Je suis là. Tout va bien se passer. Un… Deux…

Je ne saurais pas exactement vous dire comment j'ai réussi à atteindre le salon et à m'asseoir dans le canapé. Il y a eu comme une coupure dans l'espace-temps durant laquelle j'ai fini d'achever virtuellement Mlle Zéro Défaut.

Thibault – Léa, t'as peur de t'envoler ou quoi ? Pourquoi t'es accrochée à Justine comme ça ?

Léa – On ne s'est pas beaucoup vues cette semaine, alors maintenant qu'elle est là, j'en profite !

Manu – Ah vous êtes ensemble toutes les deux ? Enzo ne m'avait pas dit.

Jim – Qu'est-ce qu'il raconte, lui ? Comme si la situation n'était pas assez compliquée ! On a déjà testé pas mal de combinaisons, si en plus on ajoute des possibilités de couples homos…

Enzo – Mais non Manu, Justine et Léa aiment les garçons.

Manu – Comme moi alors ! Vous avez raison, il n'y a pas mieux.

Macha – Je suis parfaitement d'accord !

Thibault – Ça, je suis au courant Macha que tu aimes les garçons ! Aucun doute là-dessus.

La morte vivante a gloussé. J'ai senti une poussée d'adrénaline anormalement élevée dans tout mon corps. Léa s'est agrippée très fort à mon bras.

Léa – Quelqu'un peut allumer la télé, il est l'heure.

Puis elle m'a chuchoté à l'oreille :

Léa – Respire, Justine. C'est juste une bonne copine. Je viens de voir ça dans mes cartes.

Menteuse. Elle a laissé ses tarots chez moi.

Le générique d'*Étoile naissante* a défilé et lorsque le présentateur est apparu dans un décor des *Mille et Une Nuits,* tout le monde s'est tu pour l'entendre présenter les candidats sélectionnés.

Il a fallu supporter une brune qui se la jouait grunge, une blonde faussement poupée Barbie et un Grec poilu époque rock-and-roll avant de voir enfin Yseult et Anna. Elles étaient méconnaissables, maquillées et coiffées comme on ne les avait jamais vues. Comme quoi on peut facilement transformer des filles banales en bombes.

Enzo – Eh Manu regarde, c'est Yseult là.

Manu – Pas mon genre mais jolie meuf !

Thibault – Elle est superbe ce soir ! Tu dois être fier Jim, non ?

Jim a bégayé un « mouiiii » et m'a regardée d'un air gêné.

Enzo – Ben qu'est-ce que tu as, Jim, à jouer les coquettes ? Moi, si Manu passait à la télé, je serais super content.

Manu – Il est peut-être jaloux ?

Macha – Eh oui, c'est même sûr ! En général, vous n'aimez pas qu'on vous échappe. Tu dois avoir la trouille de la voir finir dans le lit d'un autre candidat.

Tandis que chacun donnait son avis sur ce qu'il ferait en pareille situation, Jim s'est arrangé pour venir près de moi. Il m'a pris la main discrètement et a murmuré :

Jim – Je compte parler de nous deux à Yseult, mais je ne pouvais pas le faire au téléphone juste avant son prime.

Et il est reparti se resservir de salade, l'air de rien.

J'ai vérifié que Thibault n'avait pas vu la scène.

Ça ne risquait pas. Macha avait coincé une mèche de ses cheveux dans la fermeture éclair de son pull (ah non, pardon, de sa robe, vu la longueur j'ai cru que c'était un pull) et il farfouillait dans sa nuque pour dégager une mèche. Léa qui avait suivi mon regard s'est levée d'un bond.

Léa – Laisse-moi faire Thibault, je m'en occupe.

Ils ne veulent pas que je le fasse moi-même ? J'ai un moyen très rapide de la sortir d'affaire : JE LUI COUPE LA TÊTE !!!!!!

Tout le monde s'est retourné vers moi. La stupeur se lisait sur tous les visages.

Quoi ? Qu'est-ce qu'il y a ? Je l'ai dit trop fort ?

– Vous jouez au jeu de la statue???

Ingrid en minirobe vert pomme se tenait à l'entrée du salon. Pour la première fois de ma vie, j'ai été heureuse de la voir débarquer sans prévenir. Sa remarque a fait diversion.

Ingrid – On a l'impression qu'il y a eu un arrêt sur image. Tu leur as fait quoi, Justine, pour qu'ils te regardent tous comme ça?

Ah non! Je retire ce que j'ai dit. Cette fille ne me sera jamais d'aucune aide. Elle s'arrangera toujours pour souligner mes faux pas et me mettre dans des situations impossibles.

Léa – Alors là, bravo Justine!!! Tu l'as dit avant moi…

Quoi, qu'est-ce que j'ai dit avant elle?

Léa – On a fait un pari toutes les deux. La première qui trouverait l'occasion de hurler « Je lui coupe la tête » aurait le droit de demander ce qu'elle veut à l'autre. Là, avec la mèche de cheveux de Macha coincée dans sa fermeture, c'était génial. Bravo ma Justine!!!

Et elle est venue m'embrasser comme si j'avais remporté le maillot jaune d'une des étapes des Pyrénées un jour de canicule. Elle a dû être très convaincante parce que les autres se sont marrés.

Léa – Théo a regardé *Alice au pays des merveilles* tout l'après-midi et il s'est amusé à repasser en boucle le passage où la reine hurle « Qu'on lui coupe la tête ! » Avec Justine on n'en pouvait plus... Alors on s'est dit qu'on vous en ferait profiter ce soir. Il n'y a pas de raison !

Jim s'est arrangé pour me parler à l'oreille sans que personne s'en aperçoive.

Jim – Tu n'as pas besoin de lui couper la tête, Justine.

Oh que si... Je la hais !!! Je ne supporte pas qu'elle se colle comme ça à Thibault.

Jim – Elle est peut-être très bien maquillée et coiffée ce soir, mais tu es plus sexy qu'elle.

Mais qu'est-ce qu'il raconte ? Elle n'a pas un gramme de maquillage et ses boucles rousses sont naturelles. C'est la bombe absolue.

Jim – Je t'ai dit que je lui parlerai et je le ferai. Tu n'as rien à craindre d'Yseult.

Yseult ?! Quel rapport ?

Ingrid est venue s'asseoir près de moi sur le canapé et a fixé l'écran avec attention.

Ingrid – Qu'est-ce qu'elle fait négligée cette brune. Personne ne lui a dit que ses bas étaient filés et que son vernis noir était monstrueux ?

Manu – Elle n'est pas négligée, elle est grunge.

Ingrid – Ça, c'est un pseudo-concept. La réalité c'est que cette fille semble tout droit sortie d'une poubelle.

Thibault – D'une poubelle, rien que ça !

Ingrid – Et la blonde à côté, c'est quoi cette caricature de Paris Hilton ?

Comment c'est déjà le proverbe ? On ne voit pas la paille qu'on a dans l'œil mais on voit la loutre dans celle du voisin. Euh la poutre, je voulais dire. Désolée pour ce lapsus, ça doit être la proximité d'Ingrid !

Ingrid – Oh le brun poilu, il est immonde !

Macha – Dommage que tu n'aies pas été sélectionnée, t'aurais relevé le niveau.

Oh la peste… D'accord, Ingrid est jalouse et cherche à dézinguer tout le monde, mais ce n'est pas une raison pour en rajouter. Elle est déjà tellement déçue de ne pas participer à l'émission.

Oui je sais, je ne suis pas toujours totale compréhensive avec Ingrid, mais je vous rappelle qu'elle est notre peste à nous et qu'il n'est pas question que d'autres lui fassent des remarques désagréables.

Macha – D'ailleurs, ça n'a pas dû être facile pour toi, Ingrid, d'être débarquée juste avant le premier prime ?

Ingrid, qui en temps normal a le sens de la repartie, est restée sans voix. Heureusement on était là.

Léa – On ne peut pas dire que tu fasses dans la compassion et la délicatesse, Macha !

Enzo – C'est méchant ce que tu viens de dire !

Jim – Je ne vois vraiment pas l'intérêt de balancer un truc pareil.

Justine – Si je ne me retenais pas, je te balancerais mon poing en travers de la figure.

C'est dingue ça, alors qu'on avait été quatre à lui dire ce qu'on pensait d'elle, c'est encore vers moi que les visages se sont tournés.

Non, je ne saisis pas en quoi ma remarque est plus agressive que celle des autres. Juste plus directe, peut-être.

En tout cas, la peste rousse a hurlé à la persécution en se jetant dans les bras de Thibault.

Macha – Sauve-moi Thibault, Justine veut me frapper.

Alors que je labourais le parquet de mon pied droit comme les taureaux au moment où ils se préparent à foncer sur le torero, un grand brun que personne n'avait entendu arriver a toussoté pour signaler sa présence.

Ce n'est plus un salon, c'est un tarmac avec atterrissage toutes les minutes et demie !

Le grand brun – J'ai frappé mais avec la télé à fond et vos hurlements, vous ne m'avez pas entendu.

Macha s'est dégagée des bras de Thibault à la vitesse de la lumière. Elle a couru vers le bel inconnu.

Macha – Ah tu es là ?

Le grand brun – Oui, apparemment j'arrive trop tôt. Je ne voulais pas te déranger, tu as l'air très occupée.

Macha – Mais pas du tout !!!

Le grand brun – Ah oui, vraiment ? Il me semblait pourtant que le mec là-bas t'entreprenait sérieusement ! D'ailleurs tu peux le rejoindre, je m'en vais.

Macha – Non, ne pars pas Tom. Je vais t'expliquer, Thibault est mon…

Elle n'a pas eu le temps de finir sa phrase, le fameux Tom est reparti comme il était arrivé. La belle Macha, rouge pivoine, s'est tournée vers Thibault, folle de rage.

Macha – Mais dis-le lui, toi, que tu es mon cousin et que tu m'as demandé de faire tout ce cinéma pour rendre jalouse la fille que tu aimes !

Et elle a couru après Tom.

Je ne pourrais pas vous expliquer le sentiment de plaisir intense que j'ai éprouvé lorsque j'ai croisé le regard gêné de Thibault. Un vrai délice. La vie venait de me faire le plus beau des cadeaux d'anniversaire avec un jour d'avance…

Je suis la fille qu'il aime.

Je suis la fille qu'il aime

Je suis la fille qu'il aime.

Je suis la fille qu'il aime.

Oh quel cadeau !!!

Si vous pouviez me l'emballer avec Jim, le petit brun musclé qui est juste à côté, ça serait parfait !

« La tristesse vient
de la solitude du coeur. »
Montesquieu

La framboise sur le gâteau

« Faudrait pas croire
Qu'à dix-sept ans tout est mineur
Quand on rit ou quand on pleure. »
Elsa

« Faire un gâteau
c'est un jeu d'enfant
et un plaisir d'adulte. »
Craig Claiborne

Mais c'est quoi cette main qui me touche les cheveux dans le noir ???

Je me suis redressée d'un coup et j'ai allumé la lumière.

Léa, penchée au-dessus de mon lit comme une bonne fée, a évité de justesse que je lui fracasse la tête et m'a souri.

Léa – Avant qu'ils arrivent, j'ai une super nouvelle à t'annoncer : j'ai récupéré ma chemise.

Mais de quoi parle-t-elle ? Et quelle heure est-il ?

Huit heures trente un dimanche matin !!! On s'est couchés à deux heures cette nuit, donc si je calcule, j'ai à peine dormi six heures.

Léa – Joyeux dix-sept ans ma Justine !

C'est très gentil mais, tout à fait entre nous, j'aurais préféré une grasse mat' pour démarrer la journée.

– Joyeux anniversaiiiiire Justine.

Et maintenant le chorus familial.

– Joyeux anniversaiiiiiire Justine.

Merci... Merci... J'ai compris, c'est mon anniversaire mais il ne faut pas que mes parents et mon petit frère chéri se sentent obligés de chanter la chanson jusqu'au bout.

– Joyeuuuuuux anniiiiiversaiiiiire Justine, joyeuuuuuux anniiiiiiversaire...

Bon ben tant pis, j'ai droit à la totale.

– Joyeux anniversaire.

Le père – Et première surprise d'un papa qui s'est levé aux aurores pour cuisiner : le framboisier.

Oh pour une surprise, c'est une surprise, cette... bouillie de framboises. Franchement, à ce moment précis de ma vie, j'ai regretté de ne pas avoir été trouvée sur les marches d'une église avec zéro information sur le jour de ma naissance. Moi, j'ai un père qui connaît la date exacte et qui ne loupe jamais l'occasion de me la fêter en gâteau.

Oui, c'est vrai, je peux paraître ingrate mais je vous rappelle que j'ai déjà eu mon lot de gâteaux immangeables le jour de la rentrée et que ça a été difficile à digérer.

Le père – Allez, souffle !

Je vais m'exécuter avec plaisir. Le problème, c'est que ça va aggraver les choses. Parce qu'après le soufflage des bougies, il y aura le découpage du gâteau et après… le mangeage.

Oui, je sais, le mot mangeage n'existe pas mais ce néologisme est une façon d'attirer votre attention sur ce qui va suivre. Dans moins de cinq minutes, je vais devoir ingurgiter ce magma rosâtre en souriant et compter jusqu'à cinquante avant d'aller vomir dans les toilettes.

Le père – Allez Justine, souffle !!! Elle est encore complètement endormie ou quoi ?

Si ça pouvait être vrai. Si mon père et son gâteau pouvaient n'être qu'un horrible cauchemar et que je me réveille dans les bras de Thibault.

Comme je ne me décidais pas, mon père a engagé les autres à scander mon nom, façon supporter de l'OM au moment du dernier tir au but un jour de finale. Ils se sont donc tous mis à hurler :

– Justine, les bougies ! Justine, les bougies !

J'ai fini par souffler.

Strike !!!

Le père – Dix-sept d'un coup ! Bravo ma fille.

Ma mère, qui depuis le début avait gardé une main derrière le dos, m'a tendu un paquet.

Yes un cadeau…

La mère – Pour tes dix-sept ans, nous avons décidé avec ton père de t'offrir un cadeau symbolique.

Aïe.

J'ai déchiré le papier et j'ai découvert… un livre.

C'est ça le symbole ?

Je ne voudrais pas piquer ses formules à Nicolas mais un livre, c'est pas la peine, j'en ai déjà un !

La mère – Ce sont les *Œuvres complètes* de Rimbaud dans la collection la Pléiade.

Génial !!! Je vais le filer à Léa, je suis sûre que ça lui plaira.

La mère – Si nous l'avons choisi, c'est pour un poème en particulier, un poème qui commence ainsi : *On n'est pas sérieux, quand on a dix-sept ans*. Et à ce propos, nous t'avons préparé, ton père, Théo et moi une surprise.

Mes parents et mon frère se sont placés l'un derrière l'autre du plus petit au plus grand et ils ont penché la tête d'un côté ou de l'autre pour que je puisse voir leurs visages. Après avoir compté jusqu'à trois, Théo a récité :

Théo – *On n'est pas sérieux, quand on a dix-sept ans.*

Un beau soir, foin des bocks et de la limonade,
Des cafés tapageurs aux lustres éclatants !
On va sous les tilleuls verts de la promenade.

Il avait à peine terminé sa phrase que mes parents ont répété en canon :

– *On n'est pas sérieux, quand on a dix-sept ans.*

Ils étaient trop mignons tous les trois. Et même avec un réveil aux aurores un dimanche matin plus une menace imminente d'empoisonnement à la bouillie de framboisier, je me suis dit que j'avais vraiment de la chance d'avoir une famille comme celle-là.

Léa, le Kleenex imbibé de larmes, les a applaudis à tout rompre. Ils ont salué la main sur le cœur.

Je me suis levée et je les ai serrés contre moi tous les trois en même temps. Comme j'avais encore un peu de place, j'ai demandé à Léa de se glisser entre maman et Théo.

Théo – C'est pas pour dire mais j'étouffe et maman me pleure dessus.

Le père – Ta mère ne pleure pas, Théo, elle salive à l'idée de manger mon gâteau.

On a tous éclaté de rire.

La mère – Euh… Pas tout de suite ! On le remporte en cuisine pour ce midi.

Ouf.

Le père – Pourquoi tu ne le goûtes pas maintenant ?

La mère – Parce qu'il est à peine plus de huit heures et que c'est trop sucré. On le mangera tout à l'heure.

Le père – Juste un petit morceau. Hein Justine ?

Vite une idée !

Léa – C'est mieux de le garder pour le déjeuner, comme ça on soufflera les bougies à nouveau.

Le père – Tu crois ?

Léa – Quand on a une pâtisserie de qualité, on la met deux fois à l'honneur.

Si votre glaçage se rapporte à votre feuilletage, vous êtes la pâtisserie des hôtes de ce bois.

Le père – Dit comme ça, on ne peut que s'incliner.

Le père ouvre un large bec et laisse tomber sa proie.

Personne ne s'en saisit…

YES !!! J'ai un sursis de quatre heures.

Dès que mes parents sont sortis de ma chambre, j'ai félicité Léa pour son intervention de renard flatteur.

Justine – Une fois de plus tu m'as sauvée !

Léa – Monstre ! Tu ne sais pas la chance que tu as d'avoir une famille pareille.

Justine – C'est parce que ce n'est pas la tienne. On fantasme toujours sur les parents des autres.

Léa – C'est vrai ! Même s'il cuisinait horriblement, je serais ravie d'avoir un père.

Mais qu'est-ce que je suis nulle avec mon humour à deux euros !!! J'ai encore blessé Léa sans le vouloir. Je suis là à me plaindre de mon père pour des broutilles alors que le sien a disparu.

Léa – D'ailleurs à propos de père, j'ai retrouvé la chemise du mien.

Justine – La chemise bleue qui était dans ta valise ?

Léa – Oui !

Justine – Et elle était où ?

Léa – Dans ma valise.

Comme je regardais ma meilleure amie d'un air ahuri, elle m'a expliqué :

Léa – À sept heures ce matin, Eugénie est entrée dans ma chambre en me disant : « Ma petite fille, je t'ai attendue jusqu'à onze heures hier soir puis j'ai renoncé, j'avais trop sommeil. N'entends aucun reproche dans mes paroles, je suis heureuse que tu vives ta vie. Tu as largement le temps d'être vieille et fatiguée, profite de toutes les opportunités de faire la fête. Si je te réveille de si bonne heure c'est parce que je t'ai rapporté quelque chose que tu avais perdu. » Et elle a posé sur mon lit ma valise anglaise, enfin la valise française volée à Londres. Je suis restée bouche bée. « Tu peux vérifier, a-t-elle ajouté, il ne manque rien. »

Justine – Comment Eugénie savait-elle ce qu'il y avait dedans ?

Léa – Tu pourrais aussi me demander comment elle a réussi à retrouver une valise volée il y a plusieurs semaines à Londres alors qu'elle vit en France. À partir d'un certain degré de sorcellerie, tout est possible et il est plus sage de ne pas chercher à comprendre.

Justine – Et il ne manquait vraiment rien ?

Léa – Tout y était, exactement comme je l'avais laissé.

Justine – T'es contente ?

Léa – Oui, surtout pour la chemise de mon père. C'est la dernière fois que je la laisse toute seule. La prochaine fois que je voyage, je la porte sur moi !

Justine – Mais finalement t'es gagnante sur tous les tableaux, toi ! Eugénie t'a donné trois cents euros pour remplacer tes fringues perdues, tu achètes des merveilles et en plus tu récupères les vieilles. C'est double garde-robe !

Léa – Eh oui ! Il faut bien qu'il y ait quelques avantages à être née dans une famille de sorcières amazones. Jalouse ?

Justine – Morte de jalousie !

Léa – Tu m'en vois ravie... Si tu savais comme ça m'a fait drôle quand je l'ai ouverte ! J'ai retrouvé ma tenue pour la soirée avec Peter. Je l'avais préparée avec minutie comme une habilleuse au théâtre : les mitaines en dentelle noire, la broche salamandre sur le béret, les bas avec la couture derrière.

Justine – Et alors ?

Léa – Et alors quoi ?

Justine – Et alors cette fameuse soirée avec Peter, c'était comment ?

Léa – Rien de spécial à raconter !

Justine – Vraiment ? Tu ne t'en sortiras pas comme cela, mademoiselle Silence-Radio-Sur-Ma-Vie-Privée. Jusqu'à maintenant, j'ai joué les copines discrètes et effacées, mais il ne faut pas exagérer. Toi, tu sais absolument tout ce qui se passe dans mon existence : Thibault, Jim...

Léa – Ce n'est pas exactement le bon ordre. Moi, je dirais plutôt Jim, Thibault, Jim, Thibault.

Justine – C'est malin de se moquer des copines qui ont des sentiments alternatifs ! Revenons plutôt à toi. Que s'est-il passé ce soir-là ?

Léa – Nous sommes allés au théâtre.

Justine – Oui et après ?

Léa – Nous sommes allés dîner.

Justine – Tu joues avec mes nerfs. Je vais essayer d'être plus directe ! À partir du moment où tu t'es retrouvée seule dans ta chambre avec lui, que s'est-il passé ?

Léa – Il n'est jamais venu dans ma chambre.

Justine – Il t'a encore posé un lapin ???

Léa – Mais non ! C'est moi qui suis allée dans la sienne.

Ma meilleure amie a prononcé cette dernière phrase d'une manière tellement ingénue que j'en suis restée sans voix.

Pas longtemps...

Justine – Et dans sa chambre, qu'est-ce que vous avez fait ?

– Ils ont fait l'amour !

Théo, son carnet tête de mort à la main, nous regardait avec la mine du paparazzi qui vient de prendre en flag une actrice mariée en train d'embrasser son partenaire de tournage. Léa a eu l'air très contrariée.

Léa – Je ne crois pas que tu aies été invité à participer à cette discussion, Théo.

Théo – Je ne le voulais pas mais comme vous aviez laissé la porte ouverte...

Léa – Théo, est-ce que tu veux que je t'aide à te souvenir de la fois où tu as fouillé dans le sac de ta grand-mère pour y prendre ses bonbons à l'anis ? Ou de celle où tu as cassé la fenêtre de la cuisine et laissé tes parents croire que monsieur Bonseigna avait mal fait son travail ? À moins que tu préfères évoquer ta manie d'espionner les conversations de ta mère en décrochant le téléphone de sa chambre ?

Mon petit frère s'est mis à se gratter la tête à une allure impressionnante.

Léa – Tu souhaites que je continue cette liste ou non ?

Théo a murmuré avec un regard de chiot qui a fait pipi sur le tapis :

Théo – Euh non, pas la peine.

Léa – Tu sais mon grand, tu n'es pas le seul à avoir des yeux et des oreilles. Et je te conseille de t'en servir à d'autres fins que de faire chanter tes proches, sinon tu pourrais avoir des ennuis… C'est compris ?

Théo – Oui, Léa.

Léa – Alors tu vas me faire le plaisir de sortir de cette pièce et de fermer la porte derrière toi.

Théo – Oui.

Je n'en revenais pas ! Mais comment ma meilleure amie savait-elle tout cela sur Théo ? Même moi qui vis ici, je n'avais rien remarqué.

Au moment où mon frère tout penaud refermait avec application la porte de ma chambre, Léa a ajouté :

Léa – Sois gentil Théo, avant d'aller jouer rapporte son millepapattes à ta sœur. Il est à elle.

Elle n'a pas eu besoin de le lui répéter deux fois. Théo s'est précipité au-dehors et a rapporté en moins de vingt secondes ma peluche préférée.

Léa l'a félicité pour sa rapidité puis elle lui a chuchoté quelque chose à l'oreille. Théo a souri et embrassé ma meilleure amie avant de disparaître.

Justine – Qu'est-ce que tu lui as dit ?

Léa – Une parole de sorcière.

Justine – Je suppose que tu ne me la répéteras pas.

Léa – Non !

Justine – Très bien, nous allons donc reprendre notre discussion sur ta soirée avec Peter. Et puisque tu es la reine de l'esquive, je vais te poser des questions fermées auxquelles tu répondras par oui ou par non.

Léa – Un interrogatoire de police en quelque sorte.

Justine – Comme tu y vas ! Un questionnaire, plutôt. C'est mon anniversaire aujourd'hui et j'ai bien le droit de choisir mon cadeau.

Léa – Il ne sera jamais aussi beau que celui de Macha hier soir !

Justine – Ah non, ça c'est sûr… Oh c'était trop bien.

Léa – Oui, on l'a compris. Tu as gardé un sourire niais sur les lèvres tout le reste de la soirée et le pauvre Thibault, malgré ses efforts pour conserver sa dignité de fils d'ambassadeur, semblait super mal.

Justine – Il faut dire qu'Enzo et Manu se sont bien moqués de lui.

Léa – Oui, heureusement qu'Yseult et Anna sont passées à la télé, ça a fait diversion.

J'allais commenter la prestation formidable des filles à *Étoile naissante* (il faut avouer que leur talent avait crevé l'écran) quand je me suis rendu compte qu'en matière de diversion Léa faisait très fort. Elle s'arrangeait systématiquement depuis le début de notre conversation pour éviter de parler de son Peter.

Justine – Bien, revenons à notre questionnaire sur ta soirée londonienne.

Léa – Ah oui, c'est vrai.

Oh la manipulatrice !

Justine – Donc tu es allée dans sa chambre ?

Léa – Oui.

Justine – Vraiment ?

Léa – Oui.

Justine – Directement en sortant du resto, ou tu l'as rejoint une fois que tout le monde était couché ?

Léa – Désolée mais il y a deux questions en

une et je ne peux répondre que par oui ou par non.

Justine – Tu l'as rejoint une fois que tout le monde était couché ?

Léa – Oui.

Justine – Ça a dû être terriblement romantique. Tu n'as pas eu peur de croiser ton prof d'anglais dans les couloirs de l'hôtel ?

Léa – Désolée, ça fait trois.

Justine – Trois quoi ?

Léa – Trois questions posées.

Justine – Et alors ?

Léa – Je ne peux pas répondre.

Justine – Pourquoi ?!

Léa – Ma pudeur naturelle me l'interdit.

Mais ce n'est pas vrai ! Elle a encore trouvé un moyen de garder le silence. En plus, elle ne m'a même pas prévenue qu'il y avait un nombre limité de questions.

Malgré mes menaces, Léa est restée intraitable. Je n'ai pas pu en savoir davantage sur sa soirée avec Peter.

Justine – Et quand aurai-je droit à un nouveau lot de questions ?

Léa – Nous sommes le 2 décembre, disons le 2 janvier.

Justine – Quoi ? Trois questions par mois seulement ?

Léa – Non, par année. Celles du mois prochain comptent pour l'année suivante.

Devant ma mine ahurie, Léa a explosé de rire.

Léa – Si tu veux, en attendant, je t'abonne à *Gala* ou à *Public*. Avec un peu de chance, il y aura un article sur ma soirée !

Justine – Sale peste !

Léa – Sale fouineuse !

Comme Léa avait apporté son livre d'histoire pour réviser son DST et que je devais apprendre mes fiches mémo de philo, on a décidé qu'après ma douche et un petit déj on travaillerait côte à côte sur mon lit.

La matinée ne m'a pas suffi pour comprendre le cours de philo sur le langage. Et ce, malgré les explications lumineuses de ma meilleure amie.

Justine – La seule chose que j'ai vraiment saisie dans cette leçon, c'est la découverte de von Frisch sur le langage des abeilles.

Léa – Normal, c'est ce qui ressemble le plus à de la SVT. On a tendance à aimer ce qu'on connaît déjà, c'est dommage parce que la plupart du temps ça nous empêche de découvrir d'autres choses.

Justine – Tant mieux !

Léa – Comment ça tant mieux ?

Justine – Quel intérêt de découvrir la confiture de coing à la cardamome quand on connaît le Nutella ?

Léa – Ça permet soit d'aimer aussi la confiture de coing à la cardamome, soit de renforcer son amour pour le Nutella.

Justine – Tu as toujours réponse à tout ?

Léa – Ça dépend des questions. Pour certaines, je ne donne pas plus de trois réponses !

Justine – Et tu oses en reparler ?

On a frappé à la porte. Avant même que j'aie pu dire « Entrez », Ingrid est apparue dans une ultra-minirobe gris argenté avec escarpins assortis. Elle a mis ses mains sur les hanches et a défilé avec la moue boudeuse des top models au moment où on les prend en photo au bout du podium.

Ingrid – Comment vous me trouvez ?

Léa – Très sexy !

Ingrid – Oui, j'ai cru comprendre ça aux regards insistants des hommes que j'ai croisés dans la rue.

Est-ce que quelqu'un pourrait expliquer à Ingrid que le fait que les hommes vous regardent dans la rue n'est absolument pas un critère de sex-appeal naturel ? Il suffit de raccourcir ses jupes de vingt-cinq centimètres et d'avoir un décolleté à ras du mamelon pour qu'ils se retournent tous.

Non, je ne suis pas jalouse, je suis lucide c'est tout.

Ingrid – Et toi Justine, tu me trouves comment ?

Justine – Dans la mesure où je ne te cherche pas, je ne te trouve pas.

Ingrid – Je ne comprends pas.

Justine – C'est normal.

Ingrid – Tu me prends vraiment pour une idiote.

Justine – Mais non.

Ingrid – Oh si, je le sens bien, mais tu sais, derrière la ravissante blonde que je suis, il y a une fille intelligente et vive. Il faut parfois savoir regarder l'hiver du décor.

L'hiver du décor ?

Léa – Je crois que tu voulais dire l'envers du décor, non ?

Ingrid – Peut-être. Vous m'avez comprise, c'est l'essentiel.

On a de nouveau frappé à la porte de ma chambre. Cette fois-ci, c'est mon père qui a passé la tête.

Le père – À table les filles ! Ah bonjour Ingrid, je ne t'ai pas vue entrer. Tu déjeunes avec nous ?

Ingrid – Euh non merci, je suis en plein régime, je ne dois pas dépasser les cinq cents calories par jour.

Le père – Tu ne sais pas ce que tu rates.

Ingrid – Je compte sur vous pour me le raconter, je reviens tout à l'heure. Euh non, je ne reviens pas…

Elle a ajouté très vite en rougissant :

Ingrid – Enfin si… pour souhaiter bon anniversaire à Justine parce que j'avais un peu oublié que c'était aujourd'hui et je ne lui ai pas encore acheté son cadeau.

Je ne suis pas sûre de ce que j'affirme mais je crois qu'elle vient de me dévoiler un projet d'anniversaire surprise et qu'elle ne sait plus comment s'en dépêtrer.

Pour ne pas causer de peine à Léa qui devait certainement être à l'origine de l'événement, j'ai fait semblant de ne pas avoir entendu la révélation de la peste.

De toute façon, mon père était trop pressé de nous voir à table et il lui a coupé la parole quand elle a tenté pour la troisième fois de justifier son retour dans l'après-midi.

Ingrid – Parce que je…

Le père – Ingrid si tu ne comptes pas rester, nous allons être obligés de t'abandonner à ton triste sort. En ce qui nous concerne, le délice des papilles gustatives nous attend.

J'ai eu un haut-le-cœur.

La table était mise dans le salon et ma mère avait sorti son argenterie et sa vaisselle octogonale des grands jours. Devant chaque assiette trônait un menu écrit et illustré par Théo :

- langoustine à la sauce aux truffes,
- biche rôtie avec sa ratte de Noirmoutier,
- farandole de fromages,
- tarte tatin revisitée par le chef et…
- framboisier.

Je peux vomir tout de suite ou je suis obligée d'attendre la fin ?

J'ai retourné le menu, il était inutile de souffrir à l'avance en lisant la liste des supplices, la douleur viendrait bien assez tôt.

Comme dans les grands restaurants, mon père a préparé en cuisine les assiettes et il semblait vraiment fier quand il les a déposées devant chacun d'entre nous.

C'est quoi ce crachat grisâtre devant la langoustine ?

J'ai relu le menu.

Ah ça doit être la sauce aux truffes... Ça se mange ou c'est pour la déco ? Enfin une déco pour un service de pneumologie parce que c'est horriblement dégoûtant. Je me suis tournée vers l'assiette de Théo tant il était étonnant que mon petit frère n'ait pas encore râlé.

Mais je rêve ! Radis beurre ? Pourquoi il a ça lui et pas moi alors que c'est mon anniversaire ?

Ma mère qui avait suivi mon regard s'est sentie obligée de se justifier.

La mère – Ton père a préparé des langoustines parce qu'il sait que tu les adores mais Théo n'aime pas les fruits de mer alors je lui ai servi des radis.

Bon, n'ayez crainte, je ne vais pas continuer à me lamenter sur ce repas d'anniversaire particulièrement loupé.

Je vous signale juste que j'ai refusé, soutenue par Théo, de goûter à la biche rôtie. Il n'était pas question que je mange la maman de Bambi. Il faut vraiment être sadique pour cuisiner un animal qui a d'aussi grands cils et qui a charge de famille.

Je me suis rabattue sur le camembert et le pain. Après tout, un bon sandwich au fromage, il n'y a rien de mieux.

Évidemment mon père a fait la tête et a annoncé solennellement :

Le père – Je ne vous sers pas la suite puisque personne n'apprécie mes efforts à leur juste mesure.

Pourvu qu'il tienne sa promesse !

Ma mère et Léa l'ont supplié de renoncer à ce funeste projet en l'assurant de la qualité et de la créativité de ses plats. Pour mon plus grand malheur, il les a crues… Je n'ai donc pas échappé à sa tarte tatin revisitée : des frites de pommes mollassonnes fichées dans du caramel spécial « sautage de plombage », ni à sa bouillie de framboise.

La mère – Qui veut du café, qui préfère du thé ?

Pour moi, ce serait plutôt du bicarbonate de soude pour tenter de digérer ce que j'ai difficilement avalé. Mais j'imagine que si je le demande ça va encore être mal interprété.

Au moment où Léa proposait à ma mère de l'aider, son portable a sonné.

Léa – Allô ? Oui… Attends deux secondes, je change de pièce, je capte mal ici.

Depuis quand on capte mal au milieu du salon ?

Elle est revenue quelques minutes plus tard sans justifier son coup de téléphone. En temps normal, elle me dit toujours : « C'était untel ou untel » mais là, rien. Je n'ai pas insisté. L'organisation de mon anniversaire surprise poserait-elle quelques problèmes ? Je me demande ce qu'ils ont décidé de m'offrir comme cadeau…

Ce qui me ferait vraiment plaisir c'est que Thibault m'offre un cadeau tout seul. Un petit objet que je garderais toujours sur moi. Je ne sais pas moi, un cœur en verre… Oh oui, un petit cœur en verre, pur comme notre amour !

Le père – Alors Justine, ça te plaît finalement ce repas ?

Pourquoi il me dit ça ?

Le père – Tu souris enfin !

J'ai acquiescé, ça ne me coûtait pas grand-chose de le rassurer.

Dans l'heure qui a suivi, le portable de Léa n'a pas cessé de vibrer. Elle a reçu SMS sur SMS. Mais elle a invité tout le lycée Colette ou quoi ? J'espère qu'elle a prévu suffisamment de bière et de Coca. Remarquez, comme ma mère a l'air dans le coup, elles ont dû faire les courses ensemble hier en début d'après-midi et penser au moindre détail.

Ce qui m'épate quand même c'est que Théo n'ait pas commis un seul impair ces derniers jours… à moins que je me sois fait un film et que rien ne soit prévu.

Vers quinze heures, Léa est partie s'enfermer dans la salle de bain et en est ressortie avec un large sourire. Elle s'est arrangée pour ne pas croiser mon regard. Ça y est, j'ai compris : tout le monde est dans les escaliers pour me hurler « Joyeux anniversaire » quand j'ouvrirai la porte. Bon, alors je commence à prendre mon air niais de la fille qui ne s'attend pas du tout à ce qui lui arrive.

Comme je me levais pour accueillir mes « invités », ma meilleure amie m'a annoncé qu'elle avait quelqu'un à voir et qu'elle repasserait en fin d'après-midi.

Bien joué, le coup de la fille qui sort pour revenir avec tout le monde ! J'ai pris un air totalement dégagé.

Justine – Pas de problème, moi j'ai encore des exercices de maths et ma philo à réviser.

Léa – Alors à tout à l'heure.

Aussitôt Léa partie, j'ai aidé ma mère à débarrasser la table. Et tandis que je remplissais le lave-vaisselle, j'ai continué à cogiter sur l'organisation de mon anniversaire surprise.

Ça ne va pas se passer ici sinon ma mère aurait déjà tout rangé. Elle ne supporte pas qu'on voie la maison en désordre et puis j'ai vérifié dans le frigo, il n'y a pas une seule bouteille de bière ou de Coca.

Non, la fête va certainement avoir lieu chez Thibault. Quand Ingrid a dit qu'elle revenait ici cet après-midi, elle sous-entendait à la maison bleue.

Tout doit être prêt en bas et Léa est allée vérifier que c'était OK. Elle va revenir dans moins de cinq minutes et trouver un prétexte pour que je descende.

Je vais vite me mettre un peu de mascara et de blush pour plaire à mon prince. Et si j'enfilais mon petit cache-cœur bleu, je ne serais pas plus sexy ? Si !!! Allez, je change de Converse aussi. Je ne vais pas avoir l'air d'une souillon le jour de mes dix-sept ans.

Bon, elle est où Léa ? Ça fait douze minutes que j'attends maintenant.

Vingt-trois minutes…

Au troisième top, ça fera une demi-heure.

Je vais descendre prendre le courrier. Elle n'est pas bonne l'excuse ? Oui, c'est vrai, on est dimanche, mais on ne sait jamais.

Le père – Tu sors, Justine ?

Justine – Je reviens tout de suite.

Il va se dépêcher de téléphoner à Léa pour la prévenir que j'échappe à sa surveillance. J'imagine tout ce qui se trame derrière mon dos en ce moment !

Arrivée près des boîtes aux lettres, je suis restée immobile et silencieuse. C'est dingue, ils ne font aucun bruit. Léa a dû exiger le silence complet.

Si je longe le mur et que je me planque derrière un volet, j'arriverai à voir où ils en sont de leurs préparatifs.

Je remonterai aussitôt après pour leur laisser le plaisir de la surprise.

Je me suis faufilée hyper discrètement. Oup là… Les volets et les rideaux sont ouverts, il faut que je fasse attention à ne pas être repérée. Je jette juste un œil.

Ben où ils sont ??? L'appartement de Thibault est désert.

Je suis remontée dans l'indifférence générale. Ma mère était encore à la cuisine en train de ranger et mon père construisait une maquette de château fort avec Théo.

Excusez-moi d'avoir dix-sept ans aujourd'hui ! Il ne faut surtout pas vous sentir obligés de faire quelque chose pour moi !

Je me suis allongée sur mon lit avec une envie épouvantable de pleurer.

Soudain mon portable a sonné. Yes les affaires reprennent !

C'est qui ??? Numéro masqué… Peut-être mon beau voisin qui me demande de les rejoindre en bas ? Ou Jim au volant de son bolide qui m'attend pour m'emmener dans un café où je suis attendue comme une princesse ?

Justine – Allô ?

J'ai reconnu immédiatement le « Bonjour-ma-belle-chérie-tu-vas-bien ? » de ma grand-mère. Elle ne m'a pas laissé le temps de lui répondre, elle a ajouté :

La grand-mère – Bon anniversaire notre Justine, je te passe papy, il a quelque chose à te dire.

J'adore mon grand-père mais vous comprendrez aisément que ce n'est pas lui que je rêvais d'entendre à ce moment précis.

Bon ben, je me suicide aux exos de maths, je ne vois plus que ça.

Vers dix-sept heures, alors que j'avais renoncé depuis longtemps à un témoignage quelconque d'amitié, mon téléphone a de nouveau sonné et le prénom de Nicolas s'est affiché.

Nicolas – Bon anniversaire ma cousine chérie.

J'ai failli exploser en sanglots en entendant sa voix.

Justine – Salut mon cousin adoré !

Nicolas – Alors, cet anniversaire ?

Justine – Une vraie daube pour parler comme toi. Déjeuner concocté par mon père à midi...

Nicolas – Beurk !

Justine – Et rien cet aprèm.

Nicolas – Tu ne bois pas un verre avec les autres pour fêter tes dix-sept ans ?

Justine – Je croyais qu'ils m'avaient organisé une fête surprise, mais apparemment non.

Nicolas – Oh c'est nul... T'avais pas prévu un petit truc ?

Justine – Tu sais, jusqu'à hier soir, j'avais un cafard monstre et je ne voulais rien préparer parce que je savais que tu ne serais pas là.

Nicolas – Oh mon pauvre bouchon ! Je te promets qu'on se rattrape dès que je reviens.

Justine – À ce propos tu arrives quand ?

Nicolas – Le soir des vacances, vendredi dans deux semaines !

Justine – Cool ! Et sinon ça va toi, ton nouveau lycée ?

Nicolas – Je me suis fait deux potes sympas. C'est pas le club des C1K+1 mais ça déconne bien.

Justine – Ils ont de la chance de t'avoir, ces veinards.

Dire qu'il y a quelques semaines, je râlais quand il me descendait son panier à clochette pour que je lui donne du pain frais ou du lait. On ferait mieux de réfléchir à deux fois quand on trouve les siens encombrants. On devrait se souvenir que rien n'est éternel.

Tandis que j'essuyais les grosses larmes qui coulaient sur mes joues après avoir raccroché, j'ai entendu mon père s'énerver au salon. Je suis allée voir. Pour une fois qu'il se passe quelque chose cet après-midi, j'en profite.

Le père – Il va falloir mettre un code à l'entrée de la maison bleue, c'est la troisième fois ce mois-ci que des gens prennent le jardin pour un dépotoir. L'autre jour on a eu droit à un sac poubelle, la fois d'après c'était une table à laquelle il ne restait que trois pieds, et aujourd'hui cet énorme carton pourri !

La mère – Les gens n'ont plus aucun respect… Et va savoir ce qu'il y a dedans ! Tu enfiles des gants si tu veux le remettre sur le trottoir.

Oui et pourquoi pas un masque à oxygène et une combinaison antiradiation, aussi ?

Le père – Je vais immédiatement faire un courrier bien senti aux copropriétaires pour les prévenir.

Et au Premier ministre tant qu'il y est. Je me demande si le Parlement européen ne devrait pas être informé ?

Bon, je vais leur éviter une fixette de deux heures, je descends immédiatement jeter le carton à la poubelle.

À peine étais-je arrivée en bas que ma mère a hurlé de la fenêtre de ma chambre :

La mère – N'y touche pas Justine ! C'est peut-être bourré de microbes.

Justine – T'inquiète mamounette, j'assure comme une bête !

J'ai tenté de soulever le gros carton et quelque chose a bougé à l'intérieur. J'ai poussé un hurlement.

La mère – Qu'est-ce qu'il y a ?

Justine – Je ne sais pas. On dirait qu'il y a un truc vivant dedans.

Je n'avais pas fini ma phrase que j'ai entendu derrière moi :

– HAPPY BIRTHDAY ! JOYEUX ANNIVERSAIRE JUSTINE !!!

Mes parents, à la fenêtre, ont applaudi Jim, Léa, Ingrid, Thibault, Enzo et Manu qui venaient de surgir de nulle part, tenant chacun un choco BN avec une bougie allumée.

Je suis restée sans voix.

Léa – Nous espérons que ton cadeau te plaira. Excuse-nous pour la présentation, on n'a pas eu le temps de faire un paquet.

J'aï souri et je me suis avancée de nouveau près du carton. Il a encore bougé. Ils ne m'ont quand même pas acheté un chiot ? C'est vrai que j'en rêve mais ma mère n'en veut pas…

J'ai pris mon courage à deux mains et j'ai ouvert. Une masse a sauté hors de la boîte comme un diable. J'ai préféré fermer les yeux.

– Alors on ne me dit plus bonjour ?

Non, ce n'est pas vrai ??? C'est impossible, pas lui ???

Justine – NICOLAS !!!

Nicolas – Lui-même. Enfin plus pour longtemps si tu m'avais laissé une seconde de plus dans ce carton. J'ai cru que j'allais mourir étouffé plié en douze !

Je l'ai serré dans mes bras.

Justine – Comment t'es venu ?

Nicolas – En voiture, avec Jim.

Justine – Et tu t'es déplacé juste pour mon anniversaire ?

Nicolas – Euh non, pour autre chose aussi… Toutes mes affaires sont dans le coffre, je me réinstalle à la maison bleue.

Justine – Mais la pouf… Euh… la compagne de ton père ?

Nicolas – Elle ne s'installe pas ici avant les résultats du bac et moi, j'ai l'accord officiel pour emménager au grenier. Les combles appartiennent à mon père, ça faisait partie du lot quand il a acheté l'appart. Il a accepté ma demande pour faire des travaux d'isolation et installer le chauffage !

Justine – Mais c'est génial !!! Et pour le lycée, comment tu vas faire ?

Nicolas – Mon père avait demandé au proviseur de me laisser dix jours pour décider si je revenais ou pas. Il l'a prévenu hier de mon retour.

Je me suis tournée vers Léa pour avoir confirmation de la nouvelle. Elle a crié :

Léa – Et c'est reparti pour le club des C1K+1 !!!

J'ai sauté de joie… C'était vraiment le plus bel anniversaire de ma vie.

Enzo – Et nous ? On ne pourrait pas adhérer à votre club, Manu et moi ?

Léa – On va réfléchir… En attendant, je vous propose de venir chez Thibault pour manger des crêpes et un gâteau au chocolat sponsorisés par Eugénie.

Mon père a hurlé de sa fenêtre :

Le père – Il me reste du framboisier et de la tarte tatin, je les descends ?

Justine – Super idée papa ! Merci !

Quoi ? Qu'est-ce qu'il y a ? Ça vous étonne que je lui réponde ça ? Mais la pâtisserie de mon papounet, j'en mangerais des tonnes !!!

Euh… S'il vous plaît, soyez discrets, c'est pas la peine de le lui répéter.

« Réfléchir, c'est déranger ses pensées. »
Jean Rostand

« Une pensée est une idée de passage. »
Pythagore

Le langage traduit-il nos pensées ?

« J'ai été expulsé du lycée
pour avoir triché
à un examen de métaphysique :
je lisais dans les pensées
de mon voisin. »
Woody Allen

Justine – J'y vais pas, je vais me planter.

Nicolas – Allez, déconne pas !

Justine – Puisque je te dis que j'y vais pas !

Léa – C'est débile… Les élèves qui ne se présentent pas aux devoirs sur table ont zéro et un avertissement de travail. Il vaut mieux que tu tentes de faire ta dissert. Même si t'as trois sur vingt, ce sera déjà ça.

Justine – Rester quatre heures face à une feuille blanche, j'assume pas.

Léa – Il ne tient qu'à toi qu'elle ne reste pas blanche.

Thibault – Léa a raison, tu risques davantage en n'y allant pas.

Léa – Écris la leçon au moins. Les fiches que tu as apprises dimanche, tu peux toujours les ressortir en fonction du sujet.

Justine – Non. En philo, les cours m'intéressent mais écrire une dissert pendant quatre heures pour répondre à une question prise de tête, c'est au-dessus de mes forces.

Nicolas – Franchement, je la comprends… La philo c'est bon pour les gens qui ont envie de se faire des nœuds au cerveau. Tu sais ce que j'ai comme dissert à rendre pour la rentrée de janvier ? « La justice doit-elle se contenter d'être équitable ? » Déjà, il a fallu que je cherche les mots dans le dictionnaire pour comprendre la phrase, en plus je ne vois que trois réponses possibles : oui, non, je m'en tape.

Léa – Ton plan est excellent.

Nicolas – Tu te fous de moi ?

Léa – Non, je t'assure. C'est un très bon plan dialectique.

Nicolas – Mais c'est pas mon plan, c'est ma dissert rédigée !

Léa – Ah !!! Alors effectivement, c'est problématique.

– Qu'est-ce qui est problématique ?

Oh non, il ne manquait plus qu'Ingrid dans cette discussion sur la philosophie.

Léa – Nicolas nous expliquait que sa dissert sur la justice fait trois mots et je crains que ce ne soit un peu juste.

Ingrid – Ah mais oui, une dissert, c'est plus d'une copie double.

Elle est bête ou quoi ? C'était de l'humour !

Ingrid – Moi, j'adore la philo.

Euh… quelqu'un peut vérifier qu'il n'y a pas eu une inversion des noms des personnages pour les dialogues ? Je pense que c'était plutôt une réplique signée de Léa.

Ingrid – Je prends des notes sans arrêt pendant les cours et je les relis à la maison.

Ah non, j'ai compris… C'est elle qui fait de l'humour maintenant !

Léa – Merci Ingrid, je suis contente d'avoir une alliée… Parce qu'entre Nicolas et Justine, la philo n'est vraiment pas à l'honneur.

Nicolas – Et toi Thibault, t'es dans quel camp dans ce débat, pour ou contre la philo ?

Thibault – Certains thèmes me plaisent comme la conscience ou la liberté, mais je dois avouer que la plupart du temps je m'ennuie mortellement en cours.

Il n'a qu'à m'appeler dans ces cas-là, je lui donnerai des cours sur la conscience de moi et la liberté de me séduire.

Nicolas – Donc deux pour la philo, deux contre. Thibault, il faut trancher… La matinée de Justine va dépendre de ton choix.

Justine – Comment ça ?

Nicolas – Eh bien ta dissert sur table a été mise aux voix et c'est en balance à cause de Thibault.

Thibault – Oh tu exagères... Ce n'est pas moi qui vais décider pour elle. Justine est une grande fille capable de prendre ses décisions toute seule.

Exact ! D'ailleurs je viens de prendre la décision de passer la prochaine soirée avec toi puisque depuis notre baiser dans la cuisine, dimanche, jour du retour de Nicolas, on n'a pas eu l'occasion de se retrouver seuls tous les deux. Je te rappelle que nous avons ma nuit d'anniversaire à rattraper.

Nicolas – Tu ne t'en sortiras pas comme ça, monsieur le fils de l'ambassadeur, il n'y a pas de réponse diplomatique qui tienne ici. C'est pour ou contre, point barre !

Thibault m'a regardée droit dans les yeux et il a murmuré :

Thibault – Alors si c'est pour sauver ma belle Justine d'un avertissement de travail, je vote pour la philo.

Durant quelques secondes, j'ai imaginé mon prince sur son fidèle destrier débarquant dans le bureau du proviseur et m'arrachant des griffes du méchant homme.

Oh il est trop beau tout en blanc !!!

Euh comment on fait pour sortir du bureau de M. Présario en marche arrière sur un cheval ?

Nicolas – Bien ! Avec trois voix contre deux, Justine ira plancher quatre heures ce matin.

C'est mauvais signe un cheval qui piétine en hennissant, ça sent la ruade.

Nicolas – Justine ?

Justine – Oui ?

Nicolas – Tu as entendu ce que je t'ai dit ?

Justine – À propos de quoi ?

Devant mon regard totalement ahuri, ils ont explosé de rire.

Thibault – À cause de mon vote, tu es obligée de faire ton devoir de philo, mais je te propose une chose : puisque je suis responsable de tes problèmes, tu as le droit de me demander tout ce que tu veux ce matin.

Vraiment tout ?

Alors ce que je voudrais, c'est qu'il ouvre la porte-fenêtre pour qu'on sorte de là. Je commence à avoir vraiment mal au cœur sur ce cheval.

Nicolas – Ça c'est une connerie, Thibault... Il ne faut jamais dire un truc pareil à une meuf ! Tu ne sais pas dans quelle galère tu t'embarques.

Léa – Ah non, moi je trouve ça hyper romantique, j'adorerais qu'un homme me fasse cette proposition. Bravo !

Nicolas a marmonné dans sa barbe d'un air agacé :

Nicolas – S'il n'y a que ça pour lui plaire, je peux le faire aussi.

Léa – Alors Justine, que vas-tu exiger de Thibault puisque tu as carte blanche ?

Vraiment, je peux demander ce que je veux à mon grand amour ? Alors...

1 - Je m'installe définitivement dans son appartement.

2 - Il appelle toutes ses ex pour leur annoncer qu'il m'aime et qu'il ne veut plus jamais les voir.

3 - Il annonce à ses copains que l'âge des sorties et des jeux est révolu et qu'il est temps de se dire adieu.

4 - Il propose à ses parents de rester les vingt prochaines années au Liban.

5 - Il trouve un job qui l'occupe une heure par jour environ afin de me consacrer les vingt-trois heures restantes.

C'est tout. Je n'en veux pas plus. Bien sûr, je pourrais rajouter des choses sur la liste mais je ne suis pas une fille super exigeante. Il faut laisser à l'autre la possibilité de vivre ce qu'il désire. Quoi ? Pourquoi vous rigolez en coin ?

La première sonnerie a retenti.

Léa – Je propose qu'on reprenne cette discussion pendant le repas parce qu'il est l'heure pour Justine de descendre. Ça va aller ma Juju ? Tu veux que je t'accompagne jusqu'à ta salle ?

Justine – Non merci.

Léa – Tu me promets que tu vas quand même essayer d'écrire quelques lignes ?

Justine – Je suis bien obligée, maintenant que vous avez voté pour mon incarcération.

Ingrid – On n'a jamais voté pour ça ! Personne ne veut te brûler.

Nicolas – La brûler ?

Ingrid – Ben oui Nicolas, l'incarcération c'est quand on brûle le corps des gens.

Léa – Non, tu confonds avec l'incinération. L'incarcération, c'est quand on enferme les gens.

Ingrid – C'est pas l'insémination ça ?

On a tous éclaté de rire.

Ingrid ne le saura jamais mais elle vient de me donner le courage d'essayer de faire ma dissert.

Léa – Haut les cœurs, tu vas y arriver ma Justine !

Justine – J'en serais convaincue si tu me faisais le plan, mais bon, je vais quand même tenter ma chance.

Je suis descendue dans la salle de contrôle.

Au lycée Colette, quand on a des devoirs de quatre heures, on compose dans de grandes salles où chaque table est isolée. C'est horrible ! Pas seulement parce que tu ne peux pas truander avec ton voisin (encore que ce soit un gros problème), mais surtout parce que tu ne peux échanger aucun regard amical. Il y a comme un îlot de glace autour de chacun.

En plus, pour que les élèves travaillent en paix, tout le - 1 est réservé aux devoirs sur table. Donc quand tu arrives à huit heures, au lieu d'avoir l'effervescence de filles et de garçons qui se marrent et chahutent, tu croises des individus absorbés dans leurs révisions.

Lorsqu'ils t'adressent la parole, c'est juste pour te poser des questions de cours. À la pause de dix heures, c'est le silence dans les couloirs, personne ne sort… On n'entend pas une chaise racler le sol, pas un prof hurler les devoirs à des élèves prêts à partir, pas une voix crier un prénom à la cantonade.

Rien.

Durant quatre heures, tu vis dans le monde du silence ponctué uniquement par l'ouverture discrète de paquets de chewing-gums ou de gâteaux. La nourriture est le seul signe indiquant que nous sommes encore vivants.

Vous comprenez pourquoi certains appellent ces salles le cimetière.

– Bonjour Justine, je suis là !

Je me suis retournée en me demandant à qui appartenait cette voix masculine qui susurrait mon prénom juste dans mon cou. Oh non… Brice.

Le cimetière plus Brice, c'est vraiment la mort !

Malgré mon regard taurin qui n'invitait pas à la discussion, monsieur Petites-Cuillères a continué à me parler.

Brice – Je t'ai gardé une table devant.

Justine – Non merci. Plus je suis loin du prof, mieux je me porte. Je vais me mettre au fond.

Et je l'ai planté là. Malheureusement pour moi, je ne suis pas la seule à vouloir me tenir éloignée du corps enseignant, si bien que je n'ai pas trouvé une table libre dans les derniers rangs. J'ai donc regagné piteusement le devant de la scène sous l'œil ravi de Brice.

Il s'est senti obligé de commenter :

Brice – Je t'avais dit que c'était mieux là.

Je me suis approchée de lui, l'air méchante.

Justine – Non, c'est pas mieux là ! C'est qu'il n'y a pas de place ailleurs ! TU COMPRENDS ?

Brice – Je comprends surtout que tu es très en colère et ça ne peut pas être contre moi.

Retenez-moi ou je l'étrangle !

Brice – Spinoza définit la colère dans *L'Éthique* comme le « désir qui nous excite à faire du mal à celui que nous haïssons ». Ne te trompe pas de cible, je ne suis pas celui que tu hais.

Justine – Brice, tu veux un conseil ?

Brice – Dans quel domaine ?

Justine – Celui des rapports humains.

Brice – Pourquoi pas ?

Justine – Tu devrais me lâcher.

Brice – Jamais.

Comment ça, jamais ? Il est malade ou quoi, ce type ?

Brice – Rappelle-toi, nous sommes comme le pouce et l'auriculaire, le grand protège le petit. À la vie, à la mort.

Ah mais oui c'est ça, il est complètement malade. J'avais oublié !

Je me suis assise rapidement sans plus lui adresser la parole et j'ai sorti mes feuilles de brouillon et ma trousse. La prof de philo est entrée dans la salle, escortée par le prof de maths.

Mme Pouméroulie – Bonjour à tous ! Je vous distribue les sujets et je vous laisse en compagnie de monsieur Ajoupa qui vous surveillera de huit à dix, heures consacrées normalement aux mathématiques. Évidemment, je ne réponds à aucune question. Pour ce premier devoir sur table de quatre heures de type bac, vous n'avez que la dissertation. Je vous souhaite une belle réflexion.

Et elle est passée rapidement dans les rangs pour nous distribuer les photocopies. Lorsque tu as un DST, il y a un avantage à être au premier rang : tu reçois les sujets en premier et ça t'évite de lire l'infaisabilité de la consigne dans les yeux horrifiés de tes camarades. La prof m'a tendu ma feuille en souriant.

Le langage traduit-il nos pensées ?

Au secours ! Il n'y avait pas ça dans mes fiches... Je ne peux même pas placer von Frisch et ses abeilles !

J'ai demandé à Brice :

Justine – Une fois qu'on a les sujets, on peut partir au bout de combien de temps ?

Brice – Pour aller où ?

Je n'ai pas eu le temps de répondre. Ajoupa, le prof de maths, qui m'avait vue discuter avec mon voisin, s'est jeté sur moi toutes dents dehors.

M. Ajoupa – VOUS SORTEZ !!!

Ah ! Enfin quelqu'un qui me comprend !

Mme Pouméroulie s'est retournée, l'air inquiète.

Mme Pouméroulie – Que se passe-t-il Edmond ?

C'est qui Edmond ?

M. Ajoupa – Justine Perrin a parlé avec son voisin.

Quoi, c'est le prof de maths Edmond ?!

Edmond Ajoupa, j'y crois pas.

Ça fait toujours drôle d'entendre un prénom de prof, c'est comme si tout d'un coup, on prenait conscience qu'il est un être humain véritable. On se dit que finalement, il a peut-être une maison et qu'il ne rentre pas se coucher le soir dans son casier en salle des profs.

C'était quoi son surnom quand il était petit ? Ed ? Eddy ?

Je n'ai pas pu m'empêcher de sourire.

M. Ajoupa – Et ça vous fait rire ?

Franchement Eddy ? Oui. Je crois que plus jamais je ne pourrai te regarder de la même manière.

Mme Pouméroulie – Justine, je crois que monsieur Ajoupa vient de vous poser une question.

Justine – Je vous prie de m'excuser.

Mme Pouméroulie – Peut-on savoir pourquoi vous communiquiez avec votre voisin ?

Justine – Je désirais juste savoir à partir de quelle heure on pouvait quitter la salle.

Mme Pouméroulie – Pas avant dix heures, mais je vous conseille d'utiliser tout le temps qui vous est imparti. Et à l'avenir, si vous avez une question, il serait plus sage qu'elle soit d'ordre philosophique et que vous y répondiez vous-même par écrit.

Et elle a repris sa distribution en me laissant aux mains d'Ajoupa. Le prof de maths, qui n'avait pas dû supporter mon sourire, s'est approché à moins d'un millimètre de mon nez et m'a dit d'un air menaçant :

M. Ajoupa – Je vous ai à l'œil, Perrin.

Seulement un œil Eddy ? Pas les deux ?

On a frappé à la porte, qui s'est ouverte sur un visiteur inattendu : Nicolas !

J'ai failli avoir une attaque… Ça fait deux fois en moins d'une semaine qu'il est là où je ne l'attends pas. Mais en plus il n'est pas tout seul, Ingrid est avec lui. Qu'est-ce qu'ils font là ? Ils devraient être en cours.

M. Ajoupa – Que voulez-vous, jeunes gens ?

Ingrid s'est approchée du prof de maths sans m'accorder le moindre regard.

Ingrid – Excusez-moi monsieur mais j'ai composé dans cette salle hier et j'ai oublié ma trousse. Est-ce que je peux la récupérer ?

C'est quoi cette histoire encore ? Elle n'avait pas DST hier.

M. Ajoupa – Regardez rapidement si les personnes qui font le ménage ne l'ont pas mise sur la table du fond. Sur le bureau, il n'y a rien.

Ingrid – Merci beaucoup, monsieur.

Évidemment la peste s'est sentie obligée de traverser la salle en faisant chalouper à mort sa taille 34. Arrivée au fond, elle s'est penchée et tous les élèves ont pu admirer ses Dim Up plumetis. Ajoupa a réajusté ses lunettes.

Ingrid – Ben mince alors, elle n'y est pas.

Et elle est revenue droit sur le prof de maths.

Ingrid – Merci pour votre extrêêêême gentillessssse. Je vous souhaite une trèèèèèès boooooonne journééééée.

M. Ajoupa – Je vous en prie, mademoiselle.

Attends, je rêve ou Ajoupa a quitté son air d'ours mal léché pour lui sourire d'un air niais ? Oh non ! J'y crois pas.

Bien que le cirque d'Ingrid m'ait passablement énervée, je dois avouer que voir mon cousin et la peste m'a redonné du courage.

Mme Pouméroulie – Bien, tout le monde a son sujet maintenant : « Le langage traduit-il nos pensées ? » Prenez le temps de la réflexion avant de vous jeter sur vos stylos. C'est le moment de ne pas trahir votre pensée par un langage inapproprié !

Je suppose que c'était de l'humour.

Mme Pouméroulie – À tout à l'heure, je reviens vous surveiller à dix heures.

Et elle est sortie après avoir chuchoté un « Merci Edmond ! » auquel Ed a répondu en lui lançant un regard que je ne lui connaissais pas, genre : « T'inquiète poulette, j'assure comme une bête. »

En plus d'être des êtres humains, les profs auraient-ils aussi une libido qui les inciterait à draguer leurs collègues ?

Bon, j'arrête avec la vie sexuelle des profs et je me consacre à mon sujet. Tout d'abord je fais comme Léa m'a appris, je définis tous les mots de la phrase : langage, traduit, pensées. Et, quand je suis sûre d'avoir bien compris le sens général, je jette toutes les idées qui me viennent sur le papier.

Le langage c'est… euh… Le langage c'est la capacité à… Mince, je ne me rappelle plus.

Le langage c'est…

Mais qu'est-ce qui m'arrive ? Je ne me souviens plus du cours. Pourtant, je le savais ce matin. Là, c'est le trou noir.

Le langage c'est le… ça va revenir… Il faut juste que je me concentre.

Si Brice pouvait arrêter de gratter, ça m'arrangerait. Il a déjà écrit au moins une copie double en six minutes trente.

Un quart d'heure plus tard, j'en étais toujours au même point, c'est-à-dire nulle part. Je répétais en boucle : « Le langage c'est… »

Lorsque je me suis rendu compte que trois quarts d'heure s'étaient écoulés à réciter comme un mantra « Le langage c'est… », j'ai paniqué.

Mon cœur s'est mis à battre façon grosse caisse dans une fanfare militaire, une espèce de ballon géant a gonflé au niveau de mon plexus solaire et ma bouche est devenue complètement sèche.

Le langage c'est…

J'aurais dû prendre une bouteille d'eau.

Tant pis, je passe au mot suivant : traduit. Traduire c'est quand on veut… traduire. Je ne sais pas moi, du français en anglais par exemple. Mais ça n'a aucun rapport avec le sujet. Je raconte n'importe quoi.

De toute façon, il faut que je définisse le mot langage d'abord, sinon je ne peux pas avancer.

Le langage c'est…

J'ai regardé ma montre. Neuf heures et quart.

J'aurais mieux fait de ne pas venir. Maintenant, j'ai la certitude que je vais louper mon bac. Le jour J, il va se passer exactement la même chose. Et pas seulement en philo, dans toutes les matières !

Je suis nulle comme fille.

Allez Justine, fais un effort… C'est comme à la danse quand t'es à la barre. Si ton mental lâche, ton corps ne suit pas.

Mais là, c'est ma tête qui bloque.

Respire.

Je n'y arrive plus. Le ballon m'en empêche.

Le langage c'est…

Pense à quelque chose d'autre durant quelques minutes, et après il n'y aura plus de problème, toute cette peur aura disparu. Souviens-toi de samedi, quand Macha a balancé qu'elle avait aidé Thibault à rendre jalouse la fille qu'il aime, c'était bien, non ? Rappelle-toi l'état de totale félicité dans lequel tu as baigné. C'est cet état que tu dois à tout prix retrouver.

Le langage c'est…

Et dimanche, quand tu as ouvert le carton et que Nicolas a jailli comme un diablotin. Formidable, non ?

Et la soirée qui a suivi où le club des C1K+1 s'est retrouvé comme avant, c'était le bonheur, n'est-ce pas ?

Tu te souviens que Thibault s'est arrangé pour t'embrasser langoureusement dans la cuisine et que si Jim n'avait pas renversé le plateau qu'il rapportait à ce moment-là, vous y seriez encore ?

Et la girafe géante en peluche que ton prince t'a offerte pour tes dix-sept ans, tu l'as oubliée ? Ce n'est pas rien ça, un doudou qui occupe la moitié de sa chambre donné par le garçon qu'on aime. Surtout quand, en la tendant, il vous dit : « Elle te tiendra compagnie quand je ne serai pas avec toi. »

Le langage c'est…

Je trouve que c'était vraiment mignon de sa part d'ajouter : « Je t'ai offert une girafe parce que c'est grâce à cet animal que je suis tombé amoureux de toi. Tu te rappelles quand on s'est rencontrés au zoo la première fois ? Tu cherchais à sauver Patou et on était tous venus pour t'aider. Je me souviendrai toujours de ton air perdu et de tes yeux qui avaient pleuré. J'ai craqué tout de suite. »

Le langage c'est…

« Mais je dois avouer que lorsque, quelques jours plus tard, tu t'es planquée derrière mes volets pour m'espionner, ça a été un des moments les plus drôles de ma vie. Tu ne le savais pas mais j'étais juste derrière la porte-fenêtre et j'entendais tout ce que tu disais à Léa. J'ai adoré que tu sois capable de ça pour moi. »

La porte de la salle s'est ouverte doucement et Mme Pouméroulie est apparue. Pourquoi elle revient déjà ?

« Et quand je suis sorti dans le jardin et que Léa planquée de l'autre côté te hurlait dans le combiné : "Allô Houston ??? Avez-vous la pintade hystérique dans votre ligne de mire avant plumage complet ? Allô, allô Justine ? Il se passe quoi ? T'as fait pipi dans ta culotte à cause de la princesse qui pue des pieds ? Ça va être vraiment dur de vamper le nouveau dans cet état." Tu vois, je me souviens de tout comme si c'était hier ! Et le jour où... »

Mais il va se taire, l'amoureux nostalgique ?! Il ne comprend pas que je suis en plein Waterloo de la dissert de philo !

J'ai regardé ma montre. Dix heures.

Oh NON !!! Je sèche sur la définition du langage depuis deux heures !

« Et la fois où tu as cru que j'avais envoyé le fameux bouquet de fleurs à Léa et que tu nous as demandé pardon pour ta méprise, tu étais craquante… "Léa et Thibault, je voudrais vous dire que je regrette la façon dont je me suis conduite hier. Je ne sais pas ce qui m'a pris de vous parler comme ça. J'ai cru que vous m'aviez trahie et ça m'a rendue complètement dingue. Et maintenant, je ne sais plus comment me faire pardonner". »

Dans certains cas, la fuite vaut mieux que la lutte. Je rends ma copie et c'est tout.

– Je vous prie de bien vouloir m'excuser madame, est-ce que je peux remettre ceci à Justine Perrin de la part de la CPE ?

Mais c'est pas vrai ! Thibault, tu ne pourrais pas me laisser tranquille ? Je suis en pleine cata, tu ne comprends pas ?

Thibault ? Le vrai Thibault ? Qu'est-ce qu'il fait là ? Je me suis frotté les yeux au cas où mon imagination me jouerait des tours.

Mme Pouméroulie – De quoi s'agit-il ?

Thibault – C'est son carnet de correspondance.

N'importe quoi, mon carnet de correspondance est dans mon sac.

Mme Pouméroulie – Très bien, allez le lui donner.

Mon prince s'est avancé vers moi avec sa classe habituelle et a déposé un carnet de correspondance sur ma table. D'un léger mouvement du menton il a désigné une feuille qui en dépassait.

Il a remercié la prof, puis il est ressorti sans un regard.

J'ai failli me lever en courant et lui hurler : « Attends-moi, je ne veux pas rester ici toute seule ! Je n'arrive pas à écrire le moindre mot, j'ai besoin d'aide. Si tu m'aimes, tu dois faire quelque chose ! Emmène-moi ou débrouille-toi pour me donner la définition du langage. »

Et là, coup de tonnerre dans un ciel bleu d'été… Et si ma prière avait été exaucée avant que je la formule ?

Et si la feuille qui dépasse du faux carnet de correspondance avait un lien avec la dissert d'aujourd'hui ?

Je crois que ces deux heures à réfléchir dans le vide m'ont grillé des neurones. Même avec tout l'amour du monde, comment Thibault pourrait-il traiter un sujet qu'il ne connaît pas ?

Je vous rappelle que ces salles de contrôle sont des bunkers et que personne, en dehors des victimes, n'y a mis les pieds ce matin.

Personne ? Et Ingrid ?

Ingrid a parlé à Ajoupa et elle est allée directement au fond de la classe. Elle n'a absolument pas pu voir les sujets. En plus, elle était bien trop occupée à vérifier qu'elle exerçait son sex power sur tous les mâles à la ronde. D'ailleurs elle a dû être contente, tout le monde avait les yeux braqués sur elle.

Mais alors, personne ne prêtait attention à Nicolas ? Il a pu tranquillement lire le sujet sur la table proche de la porte…

Ah… Et quand bien même ? Qu'est-ce que Nicolas et Thibault auraient fait d'un sujet de philo ? Je vous rappelle qu'il y a encore deux heures, ils avouaient ne rien comprendre à cette matière ! Seule Léa pourrait rédiger un plan détaillé en deux heures de temps.

LÉA!!!

Mais bien sûr, c'est une machination montée par ma meilleure amie pour me sauver de la feuille blanche ! Je comprends tout maintenant ! Elle a envoyé Ingrid aveugler la population pendant que Nicolas s'arrangeait pour noter le sujet.

Ils l'ont ensuite apporté à Léa, qui l'a traité sur une feuille pendant les deux heures de cours. Au début de la pause, elle l'a remise à Thibault qui, avec son sang-froid d'ambassadeur, a inventé un stratagème pour me la donner sous les yeux du prof.

Vous avez suivi ou je réexplique ?

Donc, ça signifie que j'ai là, devant moi, mon devoir tout fait !

MAIS ILS SONT FOUS ? ÇA S'APPELLE UNE ANTISÈCHE ET C'EST PASSIBLE DU CONSEIL DE DISCIPLINE !

Si jamais la prof a l'idée de regarder mon carnet, je suis fichue.

Oui mais, en même temps, si j'ai le courage de sortir la feuille, je cartonne à mon devoir sur table.

Qu'est-ce que je dois faire ?

Mon cœur, qui avait repris un rythme normal depuis quelques secondes, s'est emballé à nouveau.

J'ai trop peur de me faire prendre.

Il a vraiment été courageux mon Thibault d'entrer dans la salle et de me remettre le carnet sans trembler le moins du monde. Moi, je n'aurais jamais osé.

Allez courage, Justine ! Il suffit juste d'attendre le moment où la prof va baisser la tête sur ses copies à corriger et tu tires subtilement la feuille de Léa. Tu la glisses sous tes feuilles de brouillon et tu recopies, ni vue ni connue.

Un… deux… Non, c'est pas la peine de dire trois, je n'y arriverai pas. Le risque me paraît démesuré.

Je préfère avoir un zéro à mon devoir que de me retrouver dans le bureau de Présario avec une fatwa disciplinaire lancée contre moi.

Et tu penses à tes amis qui ont transgressé les règles pour que tu réussisses ? Tu vas oser sortir maintenant de la salle et leur avouer que tu as rendu feuille blanche malgré tout ce qu'ils ont fait pour toi ?

Ça y est !!! Je me souviens ! Le langage est la faculté que les hommes possèdent d'exprimer leur pensée et de communiquer entre eux au moyen d'un système de signes conventionnels vocaux et/ou graphiques constituant une langue. Le langage n'appartient qu'à l'homme parce qu'il est le seul à le penser. L'animal peut éventuellement émettre des sons mais il ne parle pas.

Je ne saurais dire si c'est par peur d'avoir à utiliser l'antisèche de Léa ou grâce au bonheur de me sentir protégée par mes amis, mais ma leçon sur le langage m'est revenue d'un coup dans son intégralité. Je me suis mise à construire le plan de ma dissert sans trop de difficultés.

Lorsque la cloche a sonné à midi, je terminais d'écrire à toute allure une conclusion qui certes, ne restera pas dans les annales de la philosophie occidentale, mais qui tenait à peu près la route.

J'ai rangé dans mon sac mon faux carnet de correspondance que je n'avais pas ouvert et je me suis levée pour rendre ma copie à ma prof.

J'étais la dernière élève dans la salle.

Mme Pouméroulie – Alors, Justine ?

Justine – Ça va à peu près. J'ai eu du mal à démarrer mais après, ça a été.

Mme Pouméroulie – Le libre arbitre n'est pas toujours un cadeau, n'est-ce pas ?

C'est quoi ça ? Un nouveau sujet ?

Mme Pouméroulie – Si l'on réfléchit en terme de catégories morales, il est bien difficile de choisir entre le bien et le mal, non ?

Euh, je ne voudrais pas être désagréable, mais ça fait quatre heures que je réfléchis et si elle a envie de discuter sur la notion de libre arbitre, on se fixe rendez-vous un autre jour.

Mme Pouméroulie – Prenons un exemple. Si une loi est posée et que l'action d'un individu est entravée par cette loi, peut-il la transgresser ?

Elle se fâche si je demande à Brice de venir faire le contradicteur ? Non, parce que là, j'ai vraiment faim.

Mme Pouméroulie – Continuons plus avant. Et si cet individu est sûr de ne pas être puni pour ce manque d'observation de la loi, est-ce que cela doit le conforter dans son désir de transgression ?

Quelqu'un pourrait la débrancher ? Je vais craquer.

Mme Pouméroulie – Je vois dans vos yeux, Justine, que vous ne me suivez pas. Soyons plus pratiques alors. Imaginons une élève qui aurait à écrire une dissertation de philosophie et n'y parviendrait pas. Grâce à une aide extérieure, elle aurait soudain la possibilité d'accéder à un devoir déjà réalisé. Quelle conduite devrait-elle adopter, selon vous ?

J'imagine que toute ressemblance avec une personne existant ou ayant existé est fortuite.

Mme Pouméroulie – Vous avez choisi le respect de la règle. Il serait intéressant de savoir ce qui a motivé votre choix : la peur de la punition ou le respect du droit moral ?

Justine – Euh… C'est…

Mme Pouméroulie – Je n'attends pas de réponse, elle ne concerne que vous. Courir vers sa faute ne relève pas seulement d'un problème moral, c'est aussi une posture existentielle qui n'est pas dénuée d'intérêt pour celui qui la choisit en conscience.

Je n'ai rien compris à ce qu'elle vient de me dire, là… En français courant, ça signifie que je passe en conseil de discipline ou pas ?

Si elle a saisi le stratagème, pourquoi elle ne me menace pas ? Elle est prof quand même… Eddy Ajoupa, lui, n'hésiterait pas une seconde dans une situation pareille. Je me retrouverais immédiatement pieds et poings liés, couverte de goudron et de plumes.

Mme Pouméroulie – Bonne fin de journée Justine.

Quoi, j'ai vraiment le droit de m'en aller ?

Mme Pouméroulie – Vous vouliez ajouter quelque chose ?

Justine – Euh… Non.

Mme Pouméroulie – Bien, au revoir alors !

Justine – Au revoir madame.

J'ai ramassé mes affaires aussi vite que j'ai pu et je suis sortie de la salle.

Les autres m'attendaient, en embuscade dans les escaliers.

Nicolas – Ah ! La voilà !

Ingrid – Elle s'est maquillée à la craie ou quoi ?

Léa – C'est vrai qu'elle est très blanche.

Thibault – Ça va, Justine ?

Si on excepte mon insomnie de la nuit dernière due à l'angoisse, mes deux heures de bug, ma crise de panique à l'idée d'utiliser l'antisèche de Léa, et l'embrouille philosophique de Mme Pouméroulie, on peut dire que je vais bien.

Nicolas – Putain raconte…

Léa – Je crois qu'on ferait mieux d'aller au *Louis XVI* lui faire avaler quelque chose, elle n'a pas l'air dans son état normal.

Nicolas – Oh non ! Pas le *Louis XVI*, il est pourri ce troquet !

Léa – Peut-être mais c'est le plus proche d'ici.

Thibault – Ne discute pas, Nicolas, Léa a raison.

Nicolas – Bon ben, j'appelle Jim pour lui dire de ne pas m'attendre.

Cinq minutes plus tard, j'avalais un jambon beurre sous l'œil inquiet de l'association de malfaiteurs.

Nicolas – Bon, tu nous expliques maintenant pourquoi t'es dans cet état alors qu'on t'a livré ta dissert en deux heures chrono et qu'on a su par un mec de ta classe qu'il y avait eu zéro incident ?

Léa – Laisse-la respirer… Elle commence tout juste à reprendre des couleurs. Vas-y Justine, bois un peu de Coca.

Ingrid – En attendant qu'elle se remette, vous voulez que je vous rejoue mon entrée dans la salle de contrôle ?

Nicolas – C'est bon Ingrid, moi j'y ai déjà eu droit une fois en live et trois fois en redif…

Léa – Tu as été parfaite ! Tu possèdes des dons artistiques exceptionnels.

C'est pour ça qu'elle a été virée d'*Étoile naissante*, ils ont tout de suite réalisé qu'elle était la future vedette internationale qui manquait à notre génération.

Bon, j'arrête de faire ma jalouse, je dois avouer qu'elle a bien joué son rôle. C'est juste que je n'ai pas envie que Thibault voie ses bas plumetis quand elle se penche.

Nicolas – Eh Léa, maintenant que Justine a avalé son sandwich et qu'elle a bu son Coca, on peut l'interroger pour savoir ou il faut encore attendre qu'elle ait fait son rot et sa petite sieste ?

Justine – Je n'ai qu'une chose à vous dire : vous êtes de grands malades.

Nicolas – On a eu raison de patienter pour entendre ça !

Justine – J'ai failli mourir de peur. Mais qui a eu cette idée tordue ?

Tous les regards se sont tournés vers mon prince.

Thibault – Désolé, c'est moi.

Ingrid – Enfin, c'est lui qui a eu l'idée du scénar. Après chacun y a mis son talent !

J'étais en totale impro quand je suis entrée dans ta salle. Je me suis dit : allez Ingrid, caméra, on tourne. J'ai avancé vers Ajoupa et…

Thibault – Alors ce n'était pas une bonne idée ?

Mon prince avait l'air si sincèrement désolé que j'ai quitté aussitôt le ton du reproche.

Justine – Si, c'était une très bonne idée même si j'ai eu la trouille de ma vie. Grâce à vous, j'ai rendu mon devoir de philo.

Léa – Mon plan était assez détaillé ?

Justine – Je ne sais pas. Je ne l'ai pas utilisé.

Léa – Quoi ?!

Et comme ils étaient suspendus à mes lèvres, j'ai raconté à mes amis ma folle matinée.

Nicolas – Mais si ta prof de philo a compris que Thibault avait apporté une antisèche, pourquoi elle t'a pas chopée ?

Léa – Elle le lui a expliqué : elle lui a laissé le choix de courir vers sa faute.

Nicolas – En français, ça donne quoi ?

Léa – Tu connais la notion de libre arbitre : c'est la possibilité de commettre le Bien ou le Mal, comme Adam et Ève pour le fruit défendu. Si Dieu avait vraiment voulu que l'homme ne commette pas de faute, il lui suffisait de ne pas planter l'arbre de la connaissance.

Nicolas – Alors pourquoi il l'a fait ?

Léa – Pour nous laisser le choix de nos destinées, pour qu'on décide de faire le Bien ou le Mal. Madame Pouméroulie a renouvelé l'expérience avec Justine.

Nicolas – Oh la prise de tête... Tiens au fait, à propos de choix et de décision, Jim nous rejoint. Il a quitté Yseult.

Ingrid – Ah bon ? Pourquoi ?

Nicolas – Je ne sais pas. Peut-être qu'elle se la pète depuis qu'elle participe à son émission et que ça le gonfle.

Léa m'a regardée à la dérobée. Je lui ai fait signe que je n'étais pas au courant.

Nicolas – En tout cas, je suis sûr qu'il y a déjà blonde sous roche.

Thibault – Pourquoi ?

Nicolas – Quand il a su qu'on était au *Louis XVI*, il m'a dit avec la voix du type qui a un scoop à annoncer : « J'arrive... Vous allez être sur le cul. »

Qu'est-ce qu'il a l'intention de raconter ? Si Jim parle de notre aventure, c'est la fin de mon histoire avec Thibault et la mort du club des C1K+1.

J'ai supplié Léa du regard pour qu'elle trouve une solution expresse de sorcière.

Léa – Je crois que vous nous raconterez le scoop de Jim plus tard parce que Justine et moi on doit y aller.

Nicolas – Vous ne l'attendez pas ? Il arrive.

Léa – Non… Impossible ! J'ai un rendez-vous avec un beau garçon tout à l'heure et je dois me refaire une beauté.

Nicolas – C'est qui ? Le théâtreux ?

Léa – Non. Quelqu'un que tu ne connais pas.

Et tandis que Nicolas grommelait dans son coin « C'est qui encore ce con ? », Léa me chuchotait discrètement à l'oreille :

Léa – Dépêche-toi de te lever, il faut récupérer Jim avant qu'il ne lâche sa bombe.

« Si vous voulez vraiment rêver, réveillez-vous... »
Daniel Pennac

Deux gars, une fille !

« 1, 2, 3
Y en a 1 de trop
C'est pas toi c'est l'autre. »
Camille

« Chacun est responsable de tous.
Chacun est seul responsable.
Chacun est seul responsable de tous. »
Saint-Exupéry

Justine – Qu'est-ce qu'on fait ?

Léa – On doit l'intercepter avant qu'il arrive au café alors on se met du côté de la rue des Maraîchers.

Justine – T'es sûre ?

Léa – Oui... il arrive du *Paradisio*, il va prendre la rue de Vincennes pour venir jusque-là.

Justine – C'est un vrai cauchemar.

Léa – Il va falloir que tu aies une discussion sérieuse avec lui. Il n'est pas question de laisser planer une ambiguïté pareille.

Justine – Il n'y a pas d'ambiguïté, j'aime Thibault.

Léa – Oui, mais tu as embrassé Jim.

Justine – C'était une erreur un soir de cafard.

Léa – Une erreur récurrente ces derniers mois parce que, si je me souviens bien, vous

vous êtes aussi sauvagement embrassés le jour où on a perdu Théo au parc.

Justine – Ce n'était pas un baiser, il me réanimait !

Léa – Pour une morte, tu étais drôlement vivante. Tu lui as passé les bras autour du cou et tu l'as empêché de décoller ses lèvres des tiennes.

Justine – Oui, bon d'accord. Mais c'était avant que je connaisse Thibault !

Léa – Exact. Il n'en reste pas moins que tes relations avec Jim sont floues et ça, depuis la classe de quatrième.

Justine – Peut-être mais jusqu'à maintenant, il n'y avait pas de problème.

Léa a dodeliné de la tête d'un air agacé.

Justine – J'y peux rien. J'aime Thibault, mais Jim c'est Jim.

Léa – Et passer de l'un à l'autre, c'est passer de l'un à l'autre…

Justine – Ça ne se reproduira plus, je n'aimerai que Thibault toute ma vie. Enfin, j'essaierai…

Léa – Le souci, c'est qu'il n'y a pas que toi dans l'histoire, il y a les autres. Et tu ne peux pas les faire souffrir.

Justine – Tu crois que je fais de la peine à Jim ?

Léa – Jim connaissait très bien tes sentiments pour Thibault et il a quand même pris le risque de t'embrasser l'autre soir. En revanche, là où tu es responsable, c'est si tu ne mets pas les choses au point maintenant.

Justine – Qu'est-ce que je dois lui dire ?

Léa – Justine, je ne vais pas t'écrire tes répliques ! Si tu as su te jeter dans ses bras, tu sauras comment en sortir en douceur.

Justine – Léa chérie…

Léa – Arrête de me faire ta tête de merlan frit, ça ne marche plus !

Justine – Steuplaît !!!

Léa – Mais quel boulet…

J'ai miaulé en frottant ma tête contre l'épaule de Léa. Elle est incapable de résister à mon imitation de Virgule, le chat de sa voisine.

Léa – STOP ! C'est bon, t'as gagné. Alors je serais toi, je commencerais par lui expliquer la confusion dans laquelle vous vous trouvez actuellement : votre histoire d'amour en quatrième qui ne s'est pas terminée de façon claire et nette à cause de Nicolas, votre amitié ambivalente toutes ces années, et surtout vos nouvelles histoires d'amour qui ont battu de l'aile ces derniers temps.

Justine – Et ça suffira pour qu'il me désaime ?

Léa – Je ne sais pas, mais s'il y a une chance pour que ses sentiments soient juste un accès de nostalgie en période de disette amoureuse, il faut essayer de le lui faire comprendre.

J'ai éclaté de rire.

Justine – Eh ben merci ! À t'écouter, je serais seulement un ersatz d'Yseult !

Léa – Il vaudrait mieux que ce soit ça. Parce que si Jim t'aime vraiment avec toute la force dont il est capable et que toi, tu aimes Thibault, il va y avoir de la casse.

La dernière remarque de Léa m'a immédiatement fait perdre le sourire.

Léa – Eh oui, c'est comme ça, quand on a apprivoisé un renard, on est responsable de lui.

Justine – Un renard ?

Léa – Ce n'est pas de moi, c'est dans *Le Petit Prince* de Saint-Exupéry !

Justine – Et toi, t'es responsable de qui ?

Léa – De Peter, d'Eugénie, de ma mère, de toi, de Jim et de Nicolas.

Justine – Pas de Thibault ?

Léa – Avec une furie comme toi à côté ? Je n'essaierais même pas d'approcher pour lui tendre un bout de fromage !

Justine – C'est vrai ?

Léa – Non.

Justine – Eh, t'as oublié Ingrid dans ta liste !

Léa – Je ne l'ai pas oubliée, je ne l'y ai pas mise c'est tout.

Justine – Yes !

Léa – Ça ne veut pas dire que je ne l'aime pas, mais on n'apprivoise pas tous les gens qu'on rencontre, sinon ça n'aurait plus de sens.

Léa a regardé sa montre.

Léa – Qu'est-ce qu'il fabrique, Jim ? Ça fait plus de dix minutes qu'il a appelé.

Justine – Tu crois qu'il est entré au café sans qu'on le voie ?

Léa – Je ne crois pas. À moins que…

Justine – À moins que quoi ?

Léa – Qu'il ne soit pas venu directement du *Paradisio* et qu'il soit entré de l'autre côté.

Justine – Oh non !!! Qu'est-ce qu'on décide ?

Léa – Je vais appeler Ingrid et lui demander conseil à propos de ma tenue pour mon fameux rendez-vous galant.

Justine – Et comment tu sauras si Jim est là ?

Léa – Tu penses bien que s'il est arrivé, Ingrid va se dépêcher de me faire un radio-reportage.

Justine – Génial !

Ma meilleure amie a sorti son portable de son sac.

Léa – Allô Ingrid ? C'est Léa... Je t'appelle pour un conseil vestimentaire. Ben oui, tu es notre conseillère fashion...

Pas pour moi, merci. Je ne suis absolument pas tentée par la pouf attitude.

Léa – Je ne te dérange pas là ? Tu dois être en pleine discussion avec les garçons.

Qu'est-ce qu'elle est forte cette Léa... Elle va exactement savoir ce qui se passe, mine de rien.

Léa – Ah bon ! Mais où ça ? Depuis combien de temps ?

Quoi ? Quel est le problème encore ?

Léa – Donc ils sont où, maintenant ?

C'est fichu. Thibault et Nicolas sont avec Jim, il va tout balancer sans qu'on ait eu le temps d'intervenir.

Léa a raccroché après avoir demandé à Ingrid s'il valait mieux qu'elle mette son top en dentelle ou un tee-shirt noir sous sa robe londonienne.

Justine – Alors ?

Léa – Jim est tombé en panne et il a appelé les garçons pour qu'ils viennent l'aider à pousser sa voiture jusqu'à chez lui. Ils sont partis à l'instant.

Justine – Qu'est-ce qu'on fait ?

Léa – On a cinq minutes avant qu'ils arrivent. Appelle immédiatement Jim pour lui dire que tu veux lui parler seul à seule. Insiste pour qu'il ne révèle rien aux autres avant votre discussion.

J'ai composé son numéro à la vitesse de la lumière.

Léa – Il répond ?

Justine – Attends, ça sonne. Mince, boîte vocale… Je recommence.

Peine perdue. Je suis tombée dix fois de suite sur sa boîte vocale.

Justine – Yes ! Ça sonne. Allez Jim, décroche !!! Oh non, c'est de nouveau la boîte vocale.

Léa – Il a dû ranger son portable dans sa poche après avoir téléphoné. Il ne l'entend pas… Tant pis, laisse un message, mais mets le paquet.

Mon cœur s'est mis à battre à cent à l'heure. Qu'est-ce que je dois dire ?

Justine – Euh… Allô Jim, c'est Justine, il faut que je te parle.

J'ai raccroché aussitôt. Léa a semblé agacée.

Léa – Formidable. Tu as été super convaincante. Grâce à ton intervention brillante, le drame a été évité.

Justine – Désolée, je n'ai pas réussi à faire mieux.

Léa – Bon, je m'en charge.

Et joignant le geste à la parole, elle a téléphoné à Jim. Quel talent ! En trois phrases à peine, elle lui a intimé l'ordre de me rejoindre au plus vite à la maison bleue afin de discuter de nos sentiments réciproques. Elle l'a prié de ne pas détruire l'amitié qui nous unissait tous en parlant trop vite aux autres.

Justine – Et maintenant ?

Léa – On va chez toi attendre Jim.

Justine – Tu crois qu'il viendra ?

Léa – Mais oui…

Une fois arrivées, Léa est allée préparer un thé dans la cuisine pendant que je m'allongeais sur mon lit. Le manque de sommeil, les angoisses philosophiques conjuguées à celles de mes amours, m'avaient sérieusement perturbée. J'avais froid et je me sentais fébrile.

Justine – J'ai mal au cou. J'ai l'impression d'avoir un filin d'acier qui m'empêche de bouger la tête.

Léa – Tu veux que je te masse la nuque avec les huiles essentielles au lavandin de ta mère ?

Justine – Ça pue !

Léa – Arrête, on dirait Théo. Je vais les chercher dans la salle de bain.

Cinq minutes plus tard, ma sorcière bien-aimée s'occupait de mes cervicales avec attention.

Justine – Comment je ferais sans toi ?

Léa – Tu te débrouillerais. Je crois que tu es la plus maligne d'entre nous.

Justine – Pourquoi tu dis ça ?

Léa – Parce que même avec tes gaffes, tes maladresses et ton manque de confiance en toi, tu es celle qui séduit le plus. Avec ta peur de ne pas être à la hauteur et ta façon désarmante d'avouer ta peur, tu nous engages à t'aimer et à te protéger. Si les filles qui font tout pour être parfaites savaient à quel point ça ne sert à rien, elles feraient comme toi, elles resteraient nature.

Justine – Et c'est mal ?

Léa – Non !!! Tu te livres entièrement, sans calcul et ça fonctionne parce que c'est touchant. Regarde les efforts que déploie la pauvre Ingrid pour plaire aux autres. Résultat, pas un seul garçon ne tombe amoureux d'elle et elle n'a aucune amie véritable. Alors que toi, tu as Jim, Thibault, Brice et je ne parle pas de tes amies filles. Moi, par exemple, je te trouve extra.

Cette déclaration d'amitié m'est allée droit au cœur. J'ai caché ma tête dans l'oreiller pour que Léa ne voie pas les larmes au bord de mes paupières. Ben oui, je suis émotive, j'y peux rien. J'ai marmonné en reniflant :

Justine – Moi aussi, je te trouve extra.

Léa – C'est normal, je le suis ! Allez mouche-toi et détends-toi un peu.

Justine – Comment on fera quand on sera mariées ?

Léa – Je ne t'ai jamais demandé de m'épouser !

J'ai éclaté de rire.

Justine – Je sais ! Mais comment on fera quand on sera mariées chacune de notre côté, pour continuer à se voir ?

Léa – On se fera des soirées et des week-ends filles.

Justine – Et si mon mari est un macho qui ne tolère pas que je sorte sans lui ?

Léa – De qui tu parles ? De Thibault ou de Jim ?

Justine – Je suis obligée de choisir ? Je ne peux pas garder les deux ?

Léa – Chacun fait exactement comme il veut.

Justine – Et qui gardera nos enfants pendant qu'on sera parties ?

Léa – Leur père, nos mères, une baby-sitter.

Justine – Et on parlera de quoi quand on se verra ?

Léa – Comme d'hab… De ce qui nous tient à cœur ! Sauf que là, on ajoutera les chapitres boulot, mariage, enfants.

Justine – Et tu m'aideras toujours à régler mes problèmes ?

Léa – Et toi, tu me poseras toujours autant de questions ? Tu ne veux pas lâcher un peu ? Garde tes forces pour l'arrivée de Jim. Tu vas avoir besoin de toute ton énergie.

Je me suis tue mais des tonnes de questions ont continué à tourner dans ma tête.

J'ai fermé les yeux.

J'ai essayé de nous imaginer dans dix ou quinze ans. Moi, je voudrais une maison avec un jardin, mais en ville. Ce qui serait bien, c'est que Léa achète celle d'à côté. On ferait un passage dans le grillage et on irait boire le thé l'une chez l'autre sans rien demander à personne. Si vraiment elle vit avec Peter, il faudra que j'apprenne à l'aimer. Je n'y arriverai jamais !

Justine – Tu crois que tu vas te marier avec Peter ?

Léa – J'espère.

Justine – Tu y penses parfois ?

Léa – Tout le temps.

Justine – Qu'est-ce que tu imagines ?

Léa – Je me vois seule au monde avec lui.

Comment ça seule au monde avec lui ? Et moi alors, je serai où ?

Voilà, c'est toujours la même chose, il suffit qu'il soit question de Peter pour que je disparaisse. J'ai bien envie de le signaler à Léa afin qu'elle comprenne pourquoi je déteste ce type.

Seulement, c'est la première fois que ma meilleure amie me parle de choses intimes sans limiter mes questions, alors je vais peut-être éviter la crise de jalousie.

Léa – Je nous verrais bien dans une ancienne usine désaffectée qui nous servirait d'appart et de lieu de répétition.

Justine – Mais c'est moche, une usine !

Léa – Non. C'est brut !

Justine – Ah ! Et c'est quoi la différence ?

Léa – Tu gardes le béton et les murs nus. Après tu crées ton univers : des tapis, des immenses tableaux, des vieux meubles que tu repeins dans des couleurs dingues.

Justine – Et c'est beau ça ?

Léa – En tout cas, ça me plairait, et à Peter aussi !

Justine – Comment tu le sais ?

Léa – On en a parlé.

Justine – Quand ça ?

Léa – Quand on était à Londres.

Justine – Parce que vous avez parlé ? Je croyais que vous aviez eu mieux à faire dans sa chambre.

Léa m'a souri.

Léa – On peut parler sérieusement et s'amuser en même temps.

Eh dis donc, elle se lâche Léa. Je crois que c'est la première fois de toute l'histoire de notre amitié qu'elle se confie autant à moi.

Justine – Et à part les projets d'appart, vous avez pensé à quoi ?

Léa – À la ville dans laquelle on pourrait vivre. Peter est complètement bilingue, il joue indifféremment en français ou en anglais. Donc on pourrait s'installer à Londres mais aussi à New York.

Justine – New York ? Pour les soirées filles, ça va être compliqué.

Léa n'a même pas réagi à ma remarque. Elle était partie dans ses rêves et je n'y avais aucune place.

Léa – Évidemment, il faudra que j'aie fini avant ma formation de metteur en scène. La meilleure est à Strasbourg, je crois.

Strasbourg ? Je préfère encore New York.

Léa – Ça serait formidable, non ?

Justine – Si on veut manger des saucisses, certainement.

Léa – Pourquoi est-ce qu'on voudrait manger des saucisses ?

Justine – C'est pas la spécialité de Strasbourg ?

Léa a éclaté de rire.

Léa – Je crois que cette ville a d'autres atouts !

Justine – Si tu le dis !

Léa – De toute façon, je n'y serai qu'une partie de la semaine, après je rentrerai.

Ah quand même, elle se souvient que j'existe.

Léa – Comme Peter restera ici en attendant que j'aie fini mes études... Mais qu'est-ce que j'ai aujourd'hui ? Je parle, je parle...

Ça pour parler, elle parle. Je me demande si je ne préfère pas ma Léa secrète.

Léa – Il n'y a rien de fait, tu sais ! Juste une parole gravée sur un bijou.

Allons bon !!! C'est quoi encore, ce scoop ?

Léa – Si je te dis un secret, tu jures de ne pas le répéter ?

Pourquoi est-ce que je devrais garder un secret qu'elle n'est pas capable de taire elle-même ?

Justine – Oui, si tu veux.

Léa a pris un air de petite fille que je ne lui connaissais pas. Décidément, les gens qu'on aime sont ceux qui nous sont le plus étrangers.

Léa – La nuit que j'ai passée avec Peter a été un enchantement !

Bien et donc ?

Léa – Lorsque j'ai ouvert les yeux le lendemain matin, il m'observait avec, dans le regard, un amour infini.

Je rappelle que monsieur est comédien et qu'il n'est pas difficile pour ces gens-là de simuler des sentiments qu'ils n'éprouvent pas le moins du monde.

Léa – Je lui ai souri. Il a sorti de sous son oreiller une petite boîte rose poudré avec un énorme nœud vert céladon.

Évidemment, quand c'est le grand homme qui lui offre un cadeau, tout est merveilleux. J'imagine qu'elle n'a décrit à personne le papier cadeau dans lequel j'avais emballé sa petite libellule en ambre et en argent, le jour de son anniversaire : un collage de paquets de fraises Haribo et de papiers de Carambar.

Léa – J'ai ouvert la boîte le cœur battant. Ce qu'il y avait ?

Justine – Une bague de fiançailles ?

Léa – Non, mieux que ça ! Un médaillon avec un angelot… Tu te rends compte ? Mais le plus important, c'est le message qui était gravé au dos à mon intention : « Les yeux seuls sont encore capables de pousser un cri. »

Hein ?! Et qu'est-ce que ça veut dire ?

Perso, je dirais que ça n'a pas de sens dans la mesure où les yeux ne crient pas, mais ça doit être de la poésie.

Léa – Magnifique non, ce vers de René Char ? Il révèle tout de nous : mon attente, ma souffrance, son désir, nos espoirs.

Tout ça dans une si petite phrase ! Mais c'était caché où ? Il y avait un double fond comme dans les boîtes des prestidigitateurs ?

Léa – Regarde, tu es la seule personne à qui j'ai envie de le montrer.

Et elle a sorti de sous sa robe noire un long cordon de velours rouge au bout duquel se balançait un médaillon en or.

Effectivement, la phrase y était gravée en lettres gothiques.

Après me l'avoir montré, elle l'a embrassé du bout des lèvres.

Léa – C'est merveilleux, non ?

J'ai acquiescé d'un mouvement de tête. J'adorerais moi aussi avoir un bijou offert par mon homme. Je trouve ça hyper romantique. Un anneau en or blanc par exemple. Je sais exactement comment il serait. Large et épais au centre, fin sur les côtés. Thibault me le glisserait au doigt dans la pénombre d'un lieu qu'on aurait choisi ensemble, et je le porterais toute ma vie à l'annulaire gauche comme une alliance.

Et pour que Jim ne soit pas triste et que je n'aie pas à choisir entre mes deux amours, je porterais exactement le même anneau à la main droite mais en or jaune celui-là ! On pourrait faire ça le même jour. Je tendrais mes deux mains à mes deux hommes, enfin une main à chacun de mes hommes, et tout le monde serait content.

Léa – C'est beau l'amour, hein ?

Je n'ai pas eu le temps de lui répondre, on a frappé à la porte. Je me suis relevée d'un bond. Jim a fait irruption dans ma chambre, les mains noires de cambouis et le visage convulsé.

Mince, entre les confidences de Léa et ma vie rêvée dans laquelle tout est conciliable, j'avais complètement zappé le dossier Jim versus Thibault.

Il m'a dit avec rudesse :

Jim – Tu voulais me parler, je crois.

Justine – Euh… Oui.

Jim – Je t'écoute.

Justine – Tu ne veux pas te laver les mains avant ?

Jim – Thibault et Nicolas sont déjà dans la salle de bain.

Justine – Ils sont là aussi ? On ne vous a pas entendus arriver.

Je me suis retournée vers Léa, folle d'angoisse.

Léa – Tu as eu mon message, Jim ?

Jim – Oui, mais ça ne m'empêchera pas de dire ce que j'ai à dire. Je ne supporte plus de voir Justine dans les bras d'un autre. Il va falloir qu'elle avoue la vérité à Thibault.

Léa – Plus tard, peut-être qu'elle décidera de le faire, mais pas maintenant.

Comment ça plus tard ?

Léa – Il faut que vous preniez votre temps pour parler ensemble et savoir réellement quels sont vos sentiments. Je te demande en amie de me faire confiance.

Jim a semblé touché par les paroles de Léa. Il a quitté son air colérique et m'a demandé doucement :

Jim – Mais après, tu lui avoueras ?

– Qu'est-ce que tu dois avouer ?

Nicolas, adossé au chambranle de la porte de ma chambre, nous regardait bizarrement.

Nicolas – Qu'est-ce qu'il y a encore comme embrouille ?

Justine – Rien.

Mon cousin a souri.

Nicolas – Ne tente jamais une carrière de comédienne, Justine, t'es pas crédible une seconde quand tu mens.

À cet instant, Thibault est entré.

Thibault – Justine veut devenir comédienne ?

Justine – Non, pas du tout.

Thibault – Ah bon, j'avais cru comprendre !

Un long silence s'est installé.

Nicolas – Bon, c'est quoi le malaise ? Qu'est-ce que Justine doit avouer et à qui ?

Thibault – Pourquoi est-ce que Justine devrait avouer quelque chose à quelqu'un ?

Re-silence hyper pesant.

Nicolas – Jim, tu craches le morceau, puisque tu as l'air d'être dans le coup.

Léa – Vous ne voulez pas qu'on aille boire quelque chose dans la cuisine ?

Nicolas – Aïe !!! Si la sorcière tente désespérément d'éviter le dialogue, c'est qu'il y a un gros problème. En général, elle est pour le règlement immédiat des conflits.

Thibault, qui n'avait apparemment pas perçu la gravité de la situation, s'est approché de moi en souriant.

Thibault – Pourquoi tu fais cette tête ? Quelque chose ne va pas ?

Et comme je ne répondais pas, il s'est penché pour m'embrasser.

Jim a hurlé :

Jim – Je crois qu'il vaudrait mieux que tu parles, Justine.

Thibault – Qu'elle parle de quoi ?

Léa a tenté de calmer le jeu :

Léa – Je crois que Jim et Justine ont un problème à régler ensemble. Nous devrions les laisser seuls un instant.

Nicolas – Qu'est-ce qui se passe à la fin ?

Léa – Des bricoles… Tu sais bien qu'il peut parfois y avoir des petits conflits entre deux amis. Regarde, nous, par exemple.

Jim – Je crois que le terme « ami » est mal choisi.

Nicolas – Alors là, tu exagères Jim. Je ne sais pas pourquoi vous êtes fâchés tous les deux, mais tu ne peux pas remettre votre amitié en question comme ça.

Jim – Bon, je crois que ce petit jeu a suffisamment duré. Maintenant tu parles, Justine, ou c'est moi qui le fais.

Thibault – Tu m'expliques ce qui se passe, Justine ?

Léa – STOOOOP !!! Est-ce que tous les gens présents ici me font confiance ?

Après un moment de surprise créé par le hurlement de Léa, tout le monde a répondu oui.

Léa – Bien. Alors je souhaiterais que Nicolas et Thibault viennent boire un verre avec moi dans la cuisine.

Léa a semblé tellement sûre d'elle que les deux garçons l'ont suivie sans protester. Je me suis retrouvée seule dans ma chambre avec Jim. On s'est regardés un long moment comme si on était étrangers l'un à l'autre avant que j'ose prendre la parole.

Justine – Ça va ?

Oui, bon d'accord, pas terrible la réplique, mais je n'ai pas trouvé mieux. Jim a semblé très mécontent.

Jim – Je ne crois pas que ça aille, non. À quoi tu joues, Justine ?

Justine – À rien.

Jim – Quand est-ce que tu comptes parler à Thibault ?

Justine – De quoi ?

Jim – Tu te moques de moi ?

Justine – Jim, tu sais l'amitié que j'ai pour toi.

Jim est devenu rouge violacé et s'est mis à crier.

Jim – Ton amitié ? Ton amitié ! C'est tout ce que tu as à m'offrir ?

Ses hurlements m'ont tétanisée. Sa voix faisait trembler les murs de ma chambre. Nicolas a déboulé comme un fou, suivi de près par les deux autres.

Nicolas – Maintenant ça suffit !!! Vous m'expliquez exactement ce qui se passe ?

Thibault – Ça ne va pas être la peine. J'ai compris.

Nicolas – Qu'est-ce que tu as compris ?

Thibault m'a regardée droit dans les yeux et a prononcé d'une voix d'outre-tombe :

Thibault – Justine, y a-t-il quelque chose entre Jim et toi ?

J'ai murmuré :

Justine – Non.

Thibault – Tu es sûre ?

Justine – Non.

Nicolas a marmonné assez fort pour que tout le monde l'entende :

Nicolas – Putain, c'est pas vrai, ils ont remis le couvert ces deux cons !

Jim – Tu ne te mêles pas de ça Nicolas, tu as fait assez de dégâts comme ça il y a quelques années. Justine et moi, on est seuls à décider.

Thibault – Excuse-moi Jim, mais je crois que j'ai mon mot à dire. Et puis, si ça ne te dérange pas, j'aimerais autant entendre Justine.

Je ne m'appelle pas Justine, je n'habite pas la maison bleue, je n'ai pas pour petit ami un garçon prénommé Thibault, je ne l'ai pas trompé un soir de cafard avec Jim, un vieux copain qui me trouble depuis toujours. Mon cousin Nicolas n'est pas le meilleur ami de ce type-là. Je suis une pâquerette plantée dans un champ. Ma vie est simple : je bouge au gré du vent et des gouttes de pluie me désaltèrent. Comme je suis bien. Je déploie mes pétales au soleil levant et je…

Jim – JUSTINE !!!

Justine – Oui.

Les pâquerettes ont une toute petite voix, c'est pour ça que j'ai dit un tout petit oui.

Jim – JUSTINE, JE TE PARLE.

À côté de moi, il y a un coquelicot. C'est joli les coquelicots. Ce rouge profond et ce cœur noir.

Léa m'a attrapée par un pétale, euh pardon, par un bras et m'a chuchoté à l'oreille :

Léa – Justine, il va falloir que tu sortes de ton mutisme et que tu assumes tes responsabilités. Tu as en face de toi deux garçons qui en prennent plein leur ego et qui ne sont pas près de lâcher l'affaire. Et je ne parle pas du conflit cornélien du cousin qui ne sait plus s'il doit défendre l'honneur de sa famille ou celui de son meilleur ami. Je pensais pouvoir temporiser, mais ce n'est plus possible. Il va falloir que tu dises quels sont tes sentiments avec le plus de tact possible.

Elle a raison, il faut que j'assainisse la situation avec délicatesse.

Justine – Thibault, je t'ai trompé avec Jim le soir où Nicolas est parti de la maison bleue.

Crueléa m'a massacrée du regard et a dit tout bas :

Léa – Il n'y a pas de doute, tu es vraiment la reine des diplomates.

Thibault – Et que s'est-il passé exactement ?

Justine – Trois fois rien. Un baiser qui n'avait aucun sens.

Bon, là Léa va être fière de moi, j'ai trouvé THE argument qui devrait rassurer mon prince sur mon amour.

Jim – Comment ça, un baiser qui n'avait aucun sens ?

Justine – Sur le moment, c'était un baiser merveilleux, Jim, et…

Thibault – Je n'ai pas envie d'en écouter davantage. Si Jim t'embrasse merveilleusement bien, je lui cède le terrain.

Jim – Justine n'est pas un terrain, c'est un être humain qui fait ses choix en fonction de ce qu'elle ressent. Si mon baiser ne l'a pas laissée indifférente, c'est qu'il doit y avoir des raisons.

Thibault – De quel baiser parles-tu ? De celui qu'elle qualifiait à l'instant de « qui n'avait aucun sens » ?

Jim – Décidément, en amour comme au poker, tu es mauvais perdant, Thibault !

Thibault – Pardon ? Tu peux répéter ce que tu viens de dire ?

Jim – Tu n'aimes pas perdre et cela, quel que soit le domaine… Ça pose un problème au petit bourge qui a peur de son ombre et qui passe son temps à mentir sur ses activités nocturnes ?

Thibault s'est rué sur Jim sans crier gare et lui a décroché un direct du droit.

Thibault – Oui, ça me pose un problème surtout quand la remarque vient d'un pauvre type qui n'a pas été fichu de passer son brevet et qui joue les racailles alors qu'il est le fils d'un grand neurologue.

Léa – THIBAULT !!!! Putain, mais t'es devenu fou ?

Je rêve ou quoi ? C'est bien Léa qui vient de parler ? Et folle de rage, elle s'est ruée sur Thibault et lui a balancé une gifle d'une force incroyable.

Nicolas est intervenu. Il a attrapé Léa par les épaules et l'a plaquée au sol. Puis il l'a l'embrassée non stop.

Jim, que le coup de poing surprise de Thibault avait propulsé à l'autre bout de ma chambre, est revenu à la charge. Il s'est rué sur Thibault et lui a fait une prise de judo de la mort.

Oh ce qu'il est fort…

Les deux garçons ont roulé par terre à mes pieds.

Un cri strident m'a explosé les tympans. Durant un dixième de seconde, le temps s'est suspendu et le combat a cessé. Ingrid, sur le pas de ma chambre, observait horrifiée la scène et ne s'arrêtait plus de crier.

Le répit a été de courte durée. Les activités ont repris de plus belle. Jim contre Thibault et Nicolas tout contre Léa !!!

Ingrid – Pardon Justine, laisse-moi passer.

Ingrid m'a poussée gentiment. Mais pourquoi rapporte-t-elle un seau plein d'eau de la cuisine ?

Elle s'est placée juste au-dessus de la bande des quatre et, sans l'ombre d'une hésitation, a versé sur eux l'intégralité de son contenu. Le résultat a été immédiat ! Ils se sont relevés instantanément en s'ébrouant comme des chiots.

Ingrid – Et voilà le travail !

Cette fille est un génie. Si jamais vous m'entendez un jour dire du mal d'elle, rappelez-moi cette scène et je m'excuserai aussitôt. Bon d'accord, je vais devoir éponger, mais il fallait la trouver, l'idée.

Thibault a posé sa main sur sa pommette gauche gonflée et rougie. Jim, de son côté, a essuyé sur la manche de son tee-shirt le sang qui coulait de sa lèvre. Nicolas et ma meilleure amie se sont relevés l'air de rien. Tiens, il n'était pas waterproof le mascara de Léa…

Un silence pesant a envahi ma chambre.

Nicolas – Bon, maintenant que vous avez suffisamment joué aux cons, vous allez peut-être vous serrer la main ? Vous n'allez quand même pas rester fâchés à cause d'une meuf ?

Vu les regards furieux qu'ils échangent, ça m'étonnerait que le drapeau blanc soit levé.

Nicolas – Vous vous serrez la main ou je vous en colle une à chacun ?

Et alors que Nicolas les avait presque convaincus de fumer ensemble le calumet de la paix, on a entendu Ingrid chuchoter à Léa :

Ingrid – Justine a couché avec Jim ou quoi ?

Mais quelle gourde ! Je la hais, je l'exècre, je la vomis. Quoi, je la trouvais géniale il y a deux secondes ? Pas du tout.

Thibault a regardé Jim, blême, et il a dit d'une voix tremblante :

Thibault – Tu as couché avec Justine ???

Jim – Mais non, je l'ai juste embrassée ! Un petit baiser de rien du tout.

Comment ça de rien du tout ? Rien que d'y penser, j'ai des frissons partout.

Nicolas – Allez, serrez-vous la main et on oublie cette histoire.

On ne peut pas complètement l'oublier. Je rappelle que ces deux garçons se sont battus pour moi et que je n'ai pas encore annoncé qui était le gagnant.

Nicolas – Des meufs, il y en a des tonnes. Vous n'allez pas vous prendre la tête pour la seule qui vive ici. Si vous voulez, j'ai des numéros plein mon portable.

Oh le traître, il cherche à détruire l'amour sublime que j'ai pour... Euh... que j'ai pour...

Excusez-moi, je suis obligée de refaire ma phrase, j'ai un peu de mal à la terminer.

Oh le traître, il cherche à détruire l'amour que Jim et Thibault ont pour moi.

Nicolas – Allez, faites un effort.

Jim, le visage grave, a tendu la main à Thibault.

Ah ben, il ne tient pas à moi tant que ça. Il y a cinq minutes, il était prêt à tout pour me garder, et maintenant il est à deux doigts d'aller vivre au rez-de-chaussée.

Thibault a souri et a serré chaudement la main de Jim.

Thibault – Désolé... Je ne suis pas très fier de ce que je viens de faire.

Jim – Moi non plus. On s'est vraiment conduits comme des gamins.

Ingrid a applaudi.

Ingrid – Bravo les garçons !

Nicolas – Allez, on va fêter ça ! Je vous invite à boire une bière entre potes. Salut les filles...

Mais non, il n'en est pas question ! Je n'ai toujours pas dit qui était le gagnant !

Et puis de quoi il se mêle, mon cousin ? Jim et Thibault ont bien le droit de se battre pour moi. C'est notre histoire, pas la sienne.

Pour les empêcher de sortir de ma chambre, j'ai couru vers eux. Les murs et le sol sont devenus totalement mous. J'ai quand même essayé d'attraper Jim, mais il s'est envolé et s'est collé au plafond.

J'ai alors tenté de coincer Thibault, mais il s'est mis à rebondir comme un ressort à travers la pièce. Nicolas a ri comme un fou. J'ai pris un marteau et je lui ai tapé dessus. Sa tête s'est enfoncée dans le parquet.

Ingrid affolée a cherché à me retirer l'outil des mains, je l'ai regardée avec une telle intensité qu'elle a fondu, et il n'est bientôt plus resté d'elle qu'une petite flaque.

Léa a crié :

Léa – Calme-toi Justine, tout va bien, calme-toi Justine.

Sa voix a transpercé des couches de ouate bleutée.

J'ai ouvert les yeux.

J'étais sur mon lit et ma meilleure amie me tenait par les épaules.

Léa – Qu'est-ce qui t'arrive ? Tu t'étais tranquillement endormie après que je t'ai massé la nuque et soudain tu t'es mise à hurler.

Justine – Où est Jim ?

Léa – Il n'est pas encore arrivé.

Justine – Les garçons ne sont pas venus ici ? Il n'y a pas eu une dispute terrible ?

Léa – Pas du tout.

Justine – Jim et Thibault ne se sont pas battus ? Jim n'avait pas la lèvre qui saignait ?

Léa – Mais tu délires !

Justine – Et Nicolas ne t'a pas plaquée au sol en t'embrassant comme un fou ?

Léa – Tu as fait un horrible cauchemar ou quoi ?!?

Justine – Apparemment, oui… J'ai dû m'endormir juste après notre discussion sur ton médaillon.

Léa – Quel médaillon ?

Justine – Celui de Peter où il a fait graver « Les yeux seuls sont encore capables de pousser un cri ».

Léa – Tu connais ce vers de René Char, toi ? Bravo ! Mais Peter ne m'a jamais offert de médaillon. Dommage d'ailleurs.

J'ai regardé le décolleté de Léa. Pas l'ombre d'un ruban rouge.

Justine – Et la boîte rose poudré avec le nœud vert céladon ?

Léa – Tu ne vas pas bien, toi.

Justine – Et ton usine désaffectée à New York avec des grands tapis et des meubles peints dans des couleurs dingues ?

Léa – Ouh là... Je crois que je vais appeler un médecin.

Justine – Alors tu ne vas pas partir à Strasbourg ?

Léa – Je te jure que tu commences sérieusement à m'inquiéter, Justine !

Je me suis jetée dans les bras de ma meilleure amie. J'étais tellement soulagée que tout cela ne soit pas la réalité.

Mais avant de me réjouir pour de bon, je lui ai demandé :

Justine – Léa, tu crois aux rêves prémonitoires ?

Léa – J'y crois. N'oublie pas que je suis un peu sorcière...

Justine – Et tu crois qu'une amie de sorcière peut faire des rêves prémonitoires ?

Léa – Oui, bien sûr. C'est amicalement transmissible !

On a frappé à la porte. Je me suis relevée d'un bond. Jim a fait irruption dans ma chambre, les mains noires de cambouis et le visage convulsé.

Il m'a dit avec rudesse :

Jim – Tu voulais me parler, je crois.

Justine – Euh… Oui.

Jim – Je t'écoute.

Justine – Tu ne veux pas te laver les mains avant ?

Jim – Thibault et Nicolas sont déjà dans la salle de bain.

Justine – Ils sont là aussi ? On ne vous a pas entendus arriver.

Je me suis retournée vers Léa, le cœur battant. Elle m'a touché tout doucement le bras pour que je me calme.

Noooooonnnnnn !!!!!!!!!

L'auteur

Sylvaine Jaoui est née en 1962. Petite-fille d'imprimeur, fille de libraire, elle est professeur de lettres dans un lycée parisien.

Elle est l'auteur de documentaires (La Martinière), de nombreux romans (Rageot et Casterman) et de pièces de théâtre.

Sylvaine Jaoui connaît très bien le monde de la télévision car elle collabore à l'écriture de séries et de jeux.

Elle est la mère de deux adolescentes avec lesquelles elle partage fous rires, lectures et confidences.

Dans la même série

1. Les baskets de Cendrillon
2. Grasse mat'
3. Un dimanche au paradis
4. C'est pas du cinéma !
5. Crème de jour et boîte de nuit
6. Émotions garanties
7. Rien à déclarer ?
8. Mais qui aime qui ?
9. À la folie, pas du tout !

à suivre…

Achevé d'imprimer en France sur les presses
de l'imprimerie Hérissey en juillet 2007
Dépôt légal : août 2007
N° d'édition : 4576
N° d'impression : 105690